『アウラの選択』

牛頭人身の怪物はうやうやしく頭をさげるような動作をし、
そして先に立って歩き出した。(95ページ参照)

ハヤカワ文庫JA
〈JA682〉

グイン・サーガ㉜

アウラの選択

栗本　薫

早川書房

4881

THE AURAL AFFLATUS

by

Kaoru Kurimoto

2001

カバー／口絵／挿絵

末弥　純

目次

第一話　魔界彷徨……一一
第二話　迷　宮……八三
第三話　紫の炎……一五五
第四話　奇　跡……二三一
あとがき……三〇九

そのとき暁があらわれた。
暁は紫の明け方の空の色した瞳と、明け渡る空の最初の光にも似た銀色のかがやきわたる髪をもつ女神として、勇者の前にあらわれたのであった。そして暁はいった。「勇者よ。もしもお前が私を選ぶのならば、私はお前にこの永遠の夜を逃れる方法を教えましょう」と。

「暁と夜とのいさかいのサーガ」より

〔中原周辺図〕

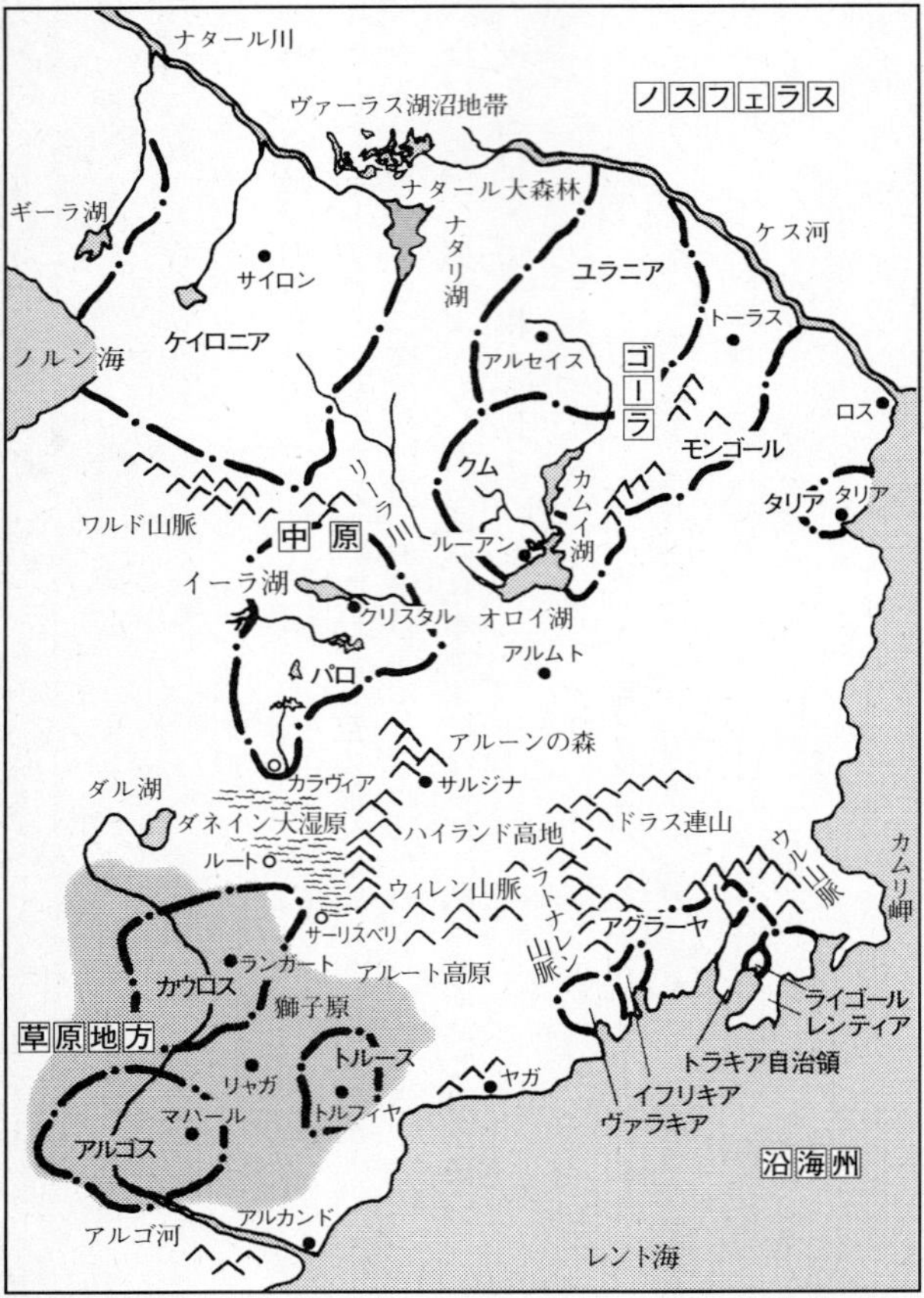

ナタール川
ヴァーラス湖沼地帯
ノスフェラス
ナタール大森林
ギーラ湖
ナタリ湖
ケス河
ユラニア
サイロン
トーラス
ケイロニア
アルセイス
ゴーラ
ノルン海
ロス
モンゴール
クム
カムイ湖
リーラ川
タリア
タリア
ワルド山脈
中原
ルーアン
イーラ湖
クリスタル
オロイ湖
アルムト
パロ
アルーンの森
カラヴィア
サルジナ
ダル湖
ダネイン大湿原
ドラス連山
ハイランド高地
ルート
ウル山脈
カムリ岬
ウィレン山脈
ラトナレン山脈
アグラーヤ
サーリスベリ
ランガート
アルート高原
カウロス
獅子原
ライゴール
レンティア
草原地方
トルース
トラキア自治領
リャガ
ヤガ
イフリキア
マハール
トルフィヤ
ヴァラキア
アルゴス
沿海州
アルカンド
アルゴ河
レント海

〔パロ周辺図〕

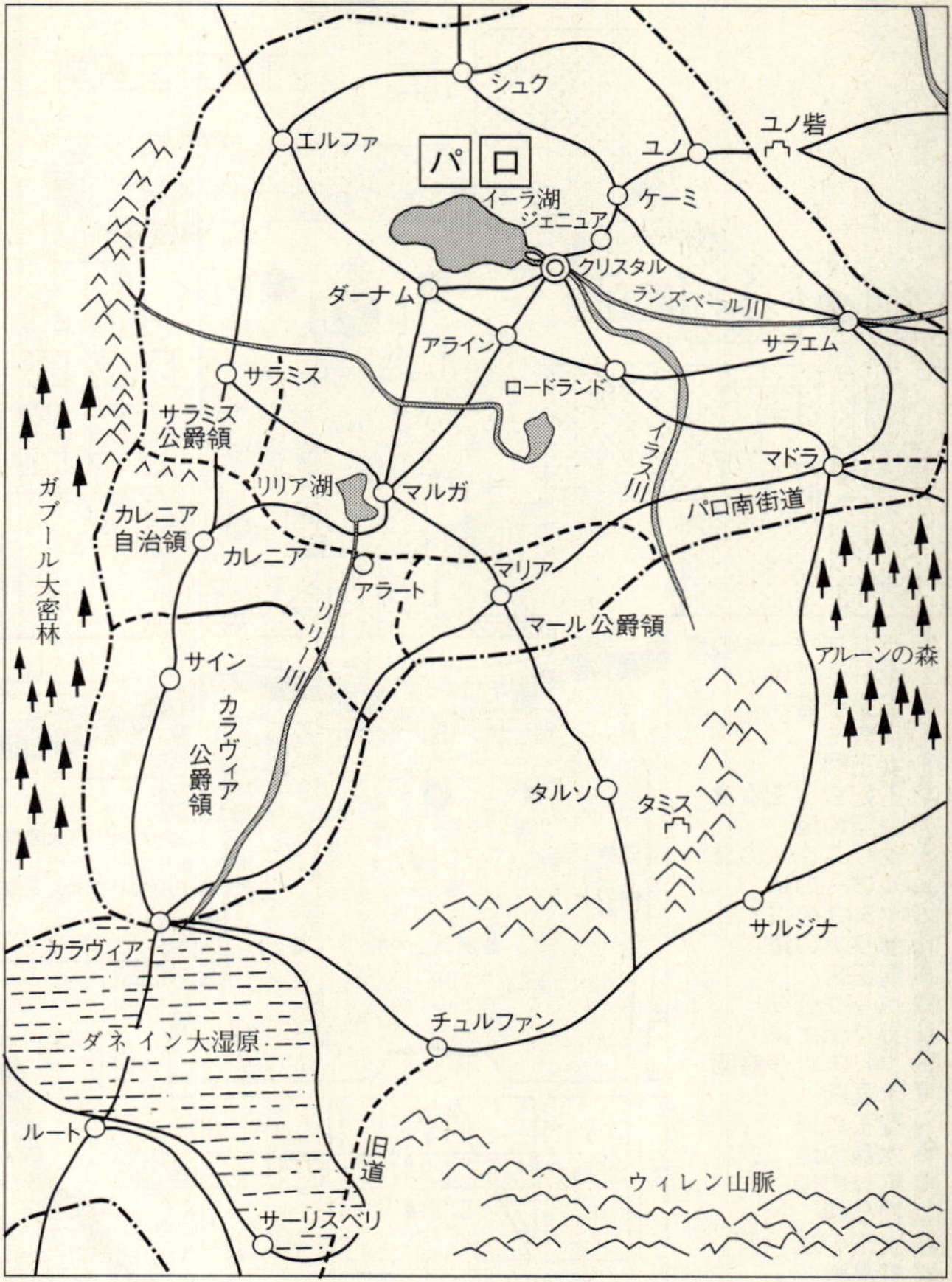
パロ
シュク
エルファ
ユノ砦
ユノ
ケーミ
イーラ湖
ジェニュア
クリスタル
ダーナム
ランズベール川
サラエム
アライン
ロードランド
サラミス
サラミス公爵領
イラス川
マドラ
パロ南街道
リリア湖
マルガ
ガブール大密林
カレニア自治領
カレニア
アラート
マリア
マール公爵領
アルーンの森
サイン
リリー川
カラヴィア公爵領
タルソ
タミス
サルジナ
カラヴィア
チュルファン
ダネイン大湿原
ルート
旧道
ウィレン山脈
サーリスベリ

〔クリスタル・パレス〕

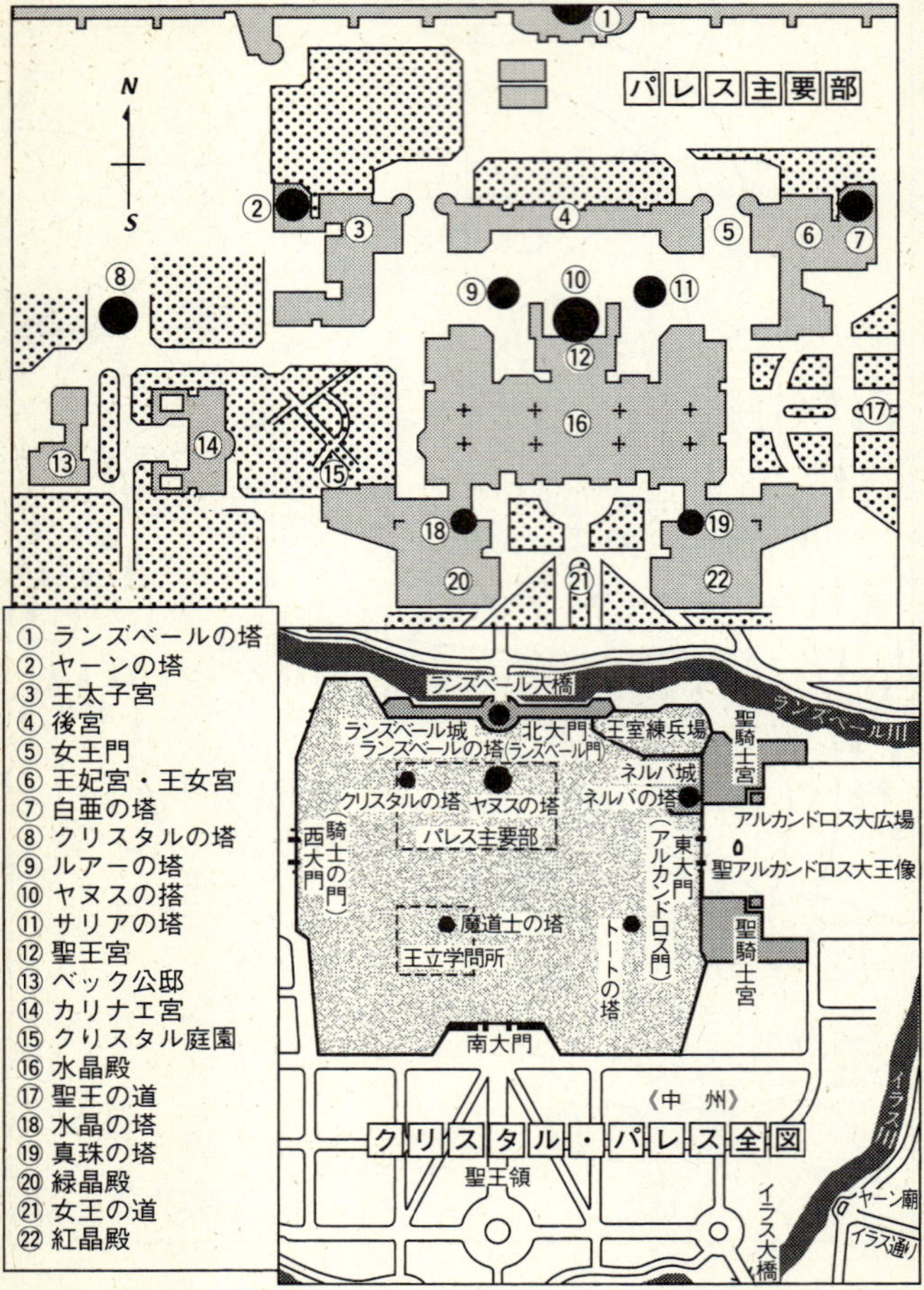
パレス主要部
N
S
① ランズベールの塔
② ヤーンの塔
③ 王太子宮
④ 後宮
⑤ 女王門
⑥ 王妃宮・王女宮
⑦ 白亜の塔
⑧ クリスタルの塔
⑨ ルアーの塔
⑩ ヤヌスの塔
⑪ サリアの塔
⑫ 聖王宮
⑬ ベック公邸
⑭ カリナエ宮
⑮ クリスタル庭園
⑯ 水晶殿
⑰ 聖王の道
⑱ 水晶の塔
⑲ 真珠の塔
⑳ 緑晶殿
㉑ 女王の道
㉒ 紅晶殿
ランズベール大橋
ランズベール川
ランズベール城
ランズベールの塔
北大門
(ランズベール門)
王室練兵場
聖騎士宮
ネルバ城
ネルバの塔
アルカンドロス大広場
聖アルカンドロス大王像
クリスタルの塔
ヤヌスの塔
パレス主要部
西大門
(騎士の門)
東大門
(アルカンドロス門)
魔道士の塔
王立学問所
トートの塔
聖騎士宮
南大門
《中　州》
クリスタル・パレス全図
聖王領
イラス大橋
イラス川
ヤーン廟
イラス通り

アウラの選択

登場人物

グイン……………………………………ケイロニア王
レムス……………………………………パロ国王
リンダ……………………………………クリスタル大公妃
アルミナ…………………………………パロ王妃
アモン……………………………………パロ王子
スニ………………………………………セムの少女
アドリアン………………………………パロのカラヴィア子爵
ヤンダル・ゾッグ………………………キタイの竜王

第一話　魔界彷徨

1

月は、いつのまにか消えはてていた。
風がいつのまにか、出てきたようだ。風は、かすかな、だがまるで絶望した女の身も世もない泣き声のようなひびきをまとわらせて、ちぎれんばかりに吹き飛ばされてゆく雲を四方八方へ手当たり次第に蹴散らしている。夜は、いつのまにやら、奇怪な、不安をはらんだ、そしておどろおどろしい魔界の夜にと変貌をとげていたかのようだった――いや、夜のみならず、世界そのものが変貌をとげていたのかもしれぬ。
この夜――世界のすべての事物が、奇妙な二重の意味をもち、そしてささやかれることばも、目にみえるものも、きこえてくる風の音やせせらぎや夜鳴き鳥の声さえも、何もかもがおそるべき冒瀆の意味をひそめた隠喩ででも、あるかのようだった。
さわさわさわ――と、風が梢をゆらせると、まるでそれによっておぞましいみだらなよこしまな恋心をかきたてられたとでもいうかのように、あやしく木々はもだえて身をよじり、そして、暗い夜のなかにその枝を手のようにあてどなくさしのべてしどけなく悶え苦しんでみせる——そのみだらな姿態に誘われるかのように、梢のあいだに星々が女の髪の毛をかざる無数の髪飾りのような奇妙な背徳的な輝きをおびたちいさなきらめきをふりそそぎはじめる。

クリスタルの街はひっそりとしずまりかえっていた。今宵、人々は、誰ひとりとして、街に出てはいないのかと思われた。それは本来、奇妙なことであった。これほど大きな、世界に冠たる大都市が、いかに夜更けとはいえ、死に絶えたようにひっそりとしずまりかえり、人通りもなくなり、さながら死の都カナンのごとくに無人となっていること自体、まったく不自然なことだったのだから。

いつもなら必ず、祭りの日や特別の夜でなくとも夜おそくまであちこちの通りをにぎわせている、食べ物や飲み物、カラム水やさまざまなちょっとした下らぬ土産物などを売っている、しがない商いに身をたてているさまざまな夜店もなく、あやしげな繁華街の裏通りに遅くまで、わけもなくたむろし、うろつきまわっている、行き場のない子供たちや許されない恋人たち、眠れない遊び人たちのすがたも今宵はまったくない。それともそれは、今宵にかぎらぬ、このところしばらくのこの呪われた都市のありさまであったのか。

なまじ、美しく整備された広い道路ときれいな豪華な建物が建ち並び、いかにも栄耀栄華をほしいままにしている、繁栄のさなかの街、としか見えぬ町並みであるだけに、いっそうその無人が不自然に、不気味さを増して感じられるのだ。ただいかにも何かを告げようとしているかのような、ひとのうなり声にまがうあやしい風の音だけが、その誰もいない道路を吹きすぎてゆく――どこかで、からからから、とかわいた音がしたが、それは、風によって叩きおとされた小さな看板についていた、ごくごく小さな円盤――それはこの国にあっては、金貸しの職業を示すしるしであったのだが――が風に吹き散らかされてゆくのにしかすぎなかった。

暗い、長い夜――

粛々と、一台のかなり巨大な馬車が、その前後を黒づくめの数十人の護衛に守られて進んでゆく。その黒づくめの男たちはすべて魔道士であった。黒い長い、すっぽりと頭部をおおいつくすフードと、地面まで垂れている長いマント、歩いているというよりは、ほんの十タルスほど宙に浮かび上がって漂っているようにみえる特有の移動のしかたでそれと知れる――また、腰にまかれているのは、魔道師ギルドの象徴である、よりあわされたまじない紐の帯ではなくて、いくぶん幅の広い、上下に金襴のふちどりの入っているサッシュベルトであるのでそれと知れる。もっとも、かならずしもどの魔道士もつねにそれをしめているというわけではなかった。基本的には、魔道士、つまりはパロ国王づきの魔道騎士団として正式にパロ政府に所属しているとはいえ、魔道をなりわいとするかぎりにおいては、魔道師ギルドに登録しなくては正規の魔道師と認められぬし、昇級試験なども受けられないのだ。

それらの魔道士たちに守られて、その巨大な馬車そのものが、まるで、その車輪が少しだけ地面から浮き上がっているように見えるのだが、それはおそらく錯覚であったのだろう。その巨大な馬車の窓はきっちりと目張りがされ、その上から黒い布がさらにかけられて、中をのぞくことも、中に乗っているものが外のようすをうかがうこともできないようにされているようだった。そのようすそのものが、いかにもあやしげでうろんであった。だが、それをうろんととがめだてるひとの目もまた、このがらんと無人の街路にはない。

ざわざわざわ——不穏な風がなおも、思い出したようにその無人の街角に吹き付けてくる。巨大なあの眼球の月も今宵は出ておらぬ。馬のひづめはかつかつと石畳を蹴り、だが馬車はかすかに宙に浮かんでいるように見える。あるいは、何も知らずにこの一行とすれ違った街の者は、おそろしい奇妙な伝説の亡霊の一行にでもゆきあってしまったのか、その呪いをうけてまもなく死に絶えてしまうのではないかと怯えたかもしれぬ。

(よろしいか……必ず、窓をあけて外をごらんにならぬと約束していただかねばなりません)

シュクの南、北アルムの村と称する奇妙な、本当にその場所であるのかどうかもわからない場所でのふしぎな会見――

その、奇妙な会見の終わりに、「クリスタル・パレスにおもむき、幽閉されているリンダ大公妃と面会すること」を求め出たケイロニアの豹頭王グインに対して、それをうべなったクリスタルの魔道王レムスが注意したのは、そのひとことであった。

(ここからクリスタルまではそれなりの距離――だが、貴方は、待たせてある騎士たちをお連れになることはできない、クリスタル・パレスに入ることのできるのはただ貴方一人です、グイン)

(それはわかっている)

重々しく答えたグインに、さらに、重大なことばが告げられたのだった。

(もうひとつ、貴方がクリスタル・パレスにおもむくおつもりであると知ったら、さぞかしお連れの騎士たちは反対するでしょう。また、私としても、クリスタル・パレスの内部を見たものがいる、ということがおおやけになるのは困る。……お連れするには何の異存もありませんが、条件があります。それは、貴方がただおひとりでおいでになること――そしてまた、口実をもうけて、貴方が今夜のうちにクリスタル・パレスにおいでになることを、貴方の騎士たちには告げないままで出発されること。この二つをがえんじられないときには、お連れするわけには参りません。残念ながらね)

（なるほど……）

おそらく、誰がきいても、その条件こそは、正気の沙汰ではないといって激しくおしとどめたに違いない。

レムスは、連れてきた《竜の歯部隊》の精鋭のもっとも信頼する隊長たちにさえ、内密のままに、今夜のうちにクリスタル・パレスへ入れというのだった。それは、もしもレムスが——あるいはヤンダル・ゾッグがその気になりさえすれば、グインの行方はもはや二度と《竜の歯部隊》の面々にも、またそのほかの世界の誰にも知られぬままに消息不明として終わってしまうだろう、ということでもある。残された《竜の歯部隊》の者たちがいかにうろたえさわごうとも、よもや王が単身でクリスタル・パレス——敵のまさに本拠地たるクリスタル・パレスに乗り込んだとは想像もつくまいし、また、そうと知ったところで、いまのクリスタル・パレスには、誰ひとりとして普通の人間は近づくことのできぬような結界がはりめぐらされ、そうである以上もはや、誰ひとり、どれほど案じていてもグインを救うために出動することはできぬだろう。

ましてや、それを、レムスは、かれらにひとことも告げず、知られぬままにおこなえというのだった。

だが、グインは、動じたようすもなかった。そうきかされたとき、ひげひとつ動かさぬまま、即座にうなづいたのだ。

(よかろう。――おぬしの希望するとおり、いまこの場から出かけ、隊長たちにはしかるべく口実をもうけてこの場に待たせておけばよいということだな)

(本当に、それでよろしいんですか)

レムスの目が、奇妙に満足げな、あやしい赤いきらめきを帯びた。

(あなたは、御自分が何をされようとしているか、本当にわかっているんですか？――貴方は、敵の――キタイの竜王の勢力のまっただなか、本拠地の心臓部へ、ただひとりで、味方にのちのちの援軍を頼むこともできない状態で乗り込もうとしているんですよ？　危険だとは、思われないんですか。それほどに、キタイ王――それともこのぼくを信頼しておられるんですか。だとしたら、そうして信頼深ければ相手がそれに必ずこたえるだろうというような無邪気な無垢な信頼は……)

(俺は、何も信頼してもおらぬし、信用してもおらぬさ)

グインの返答はだが、かなりそっけないものであった。

(俺がそのようにするのは、俺がこれまでずっとそうしてきたから、というだけのことにすぎん。それは俺のやりかたなのだ。――そしてまた、俺はゆきたいところにゆき、出たいときに出る――それを通してきたつもりだ。今回も、俺はよしんばお前たちが俺をクリスタル・パレスに幽閉しようと考えたところで、おのれの力で出てくるだろうし、おのれがそうするだろうということには確信を持っている。それだけの話なのだ)

（その、おどろくべき自信のみなもとが、いったいどこからきているのか、これだけはいずれ知りたいな）

レムスは苦笑した。そしてもうとめなかった。

（では、よろしいでしょう。そのかわり、どなたか信頼できる側近のかたに、かれらが騒がないで、そう――最低限一昼夜、じっと待っていられるような命令を下してくれることは出来ますか。いっておきますが、一昼夜あれば、我々はあなたに対してどんな攻撃をしかけることも、どうやって改造をこころみることも――さらにいろいろな手をつかうこともできますよ。そのこともお忘れなく。ケイロニア全国を敵にまわす気にはなれないので、あなたを幽閉して人質にとるようなことは、ぼくにせよキタイ王にせよまったくこころみようとは思わない。しかし、ここは魔道の王国――それ以外の方法だって、いろいろあるかもしれませんよ。あなたのその雄々しい魂をあなた自身だけのものではなくするためのね。……あなたが、ぼく自身についてごらんになったように）

（それもまた、俺が自分で決めることだ）

というのが、そっけないグインの返答であった。

そのやりとりののち、グインは親衛隊長のガウスを呼び寄せて、これよりさらに内密な会談をおこなうため、北アルムのこの建物よりちょっとはなれた場所の宿泊施設にレムス王とともに出向いてくること、そこへは護衛をともなうことがわけあって出来ないが、身辺に危険はないことは保証されているので、心配せずここで待っているように、と、それだけ申し渡した。ガウスは心配そうであったが、ずっとそのように訓練をうけているので、グインの判断や決定に疑義をさしはさむことは一切しなかった。《竜の歯部隊》の面々が最初に叩き込まれることは、とにかくグインの決定を絶対のものとし、それをすみやかに忠実に行う、という任務にほかならなかったからである。

それだけを言い残して、グインはレムスが用意した馬車の中の人となったのであった。

（シュクからクリスタルまではそれなりの距離があります）

もういちど、最初の注意に戻って、レムスはグインにかたく約束を求めた。

（それを通常どおりの行き方で馬車なり馬なりを使って往復しておれば、一昼夜でクリスタル・パレスにおもむき、貴方の必要としておられる面会や探索をすませてまたここへ戻ってくることはあまりに時間がないでしょう。シュクからクリスタルは通常ならば馬で一日ほどの距離ではありますが、その一日をいまは貴方は惜しいはず——ぼくもまた惜しい。それゆえ、失礼して、我々は魔道師のいわゆる《閉じた空間》をも併用して、道をいそぎます。……この術は、例の古代機械とはことなり、ある点から別の点へ一気に跳躍するような技ではなくて、ただ少々空間をゆがめ、移動の時間を短くするための技術にしかすぎませんからね。この術が可能なのは必要な絶対時間を術の程度によって多少の差はありますが、それぞれに短くすることだけで、距離をなくすことはできない

のです)

(わかっている)

(ですから、大勢の魔道師たちによってこの術をつかって馬車を急がせますから、貴方は決して窓の外をのぞいたり、窓をあけたりしないでいただきたい。この術が破れてしまいますからね。よろしいですね)

(ああ)

(では、お連れしますよ。クリスタルへ――クリスタル・パレスへ。貴方を)

その、ことばを残して、レムス自身は、いずこへかと消え失せたのだった。

馬車のなかには、ただ、グインひとりが残された。巨大な馬車は内側を豪華なびろうどで目張りしてあり、座り心地もいたってよかったが、外を見ることはどちらにせよ一切禁じられて出来ないようになっていた。

それゆえ、グインがその巨大な馬車に乗っていることは、外のその無人の通りから、もしも見ているものがあったとしても誰にも知られず、また、グインにも、おのれがどこをどう通って運ばれてゆくのかはわからぬままであった。馬車は奇妙な、すべるようななめらかさで運んでゆき、そして途中で確かに二回ばかり、あの特有の、がくんと空間の組成がかわってしまうような奇妙な弱い衝撃がからだにあった。

「ケイロニアの豹頭王陛下」

やがて、低い、ぶきみな声が扉の外からかけられ、同時に馬車が停止したとき。

馬車の座席に身をあずけて、泰然としていたグインがゆっくりと身をおこそうとしたとき、扉をあけて、顔をだしたのは、一人の魔道士であった。

「お迎えに参りました。……ただいま、御座馬車はクリスタル・パレスに到着いたしましてございます」

こうべをたれて丁重に告げる。グインは無造作にマントのすそをからげて、馬車から降りた。

そこは、広大なクリスタル・パレスのどのあたりなのか、ひっそりとしずまりかえった、暗いあかりも見えぬ一画であった。

グインは物珍しそうに、馬車のステップを降り、はじめてのパロ王家の心臓部に足を踏み入れた。あたりは真っ暗であかりらしいものもほとんどなかったが、遠くにいくつか、塔がたっていて、その塔は、頂上とそして窓のところにあるあかりに照らし出されてそれぞれにことなる優美なシルエットを持っていることが夜目にも明らかであった。それぞれの塔は足もとに黒々としずまりかえった庭園を擁しているようだった。そして塔の後ろ側には、宏壮な、おそらく昼間見ればおどろくほど豪奢で美しいのであろう、宮殿らしい建物のシルエットが闇のなかに浮かび上がっている。

「どうぞ、こちらへ」

魔道士がまたこうべを垂れた。

グインのまわりをかなり離れて、二十人ばかりの魔道士がとりかこんでいた。なかの一人が案内役然とグインのすぐ前に立っているが、あとのものは、まるで近づいてはならぬと命じられてでもいるかのように、遠くからグインを取り巻いているだけだ。それがいっせいにゆらゆらと動き出すと、黒い彫像が動き出したように、夜の底に黒い影が揺れた。

星も月も見えない夜であった。風は、馬車のなかからでもそのぶきみなヒュウヒュウというなりをきくことができた。そして、庭園のゆたかにおいしげっている黒々とした木々の梢が、そのぶきみな風に揺れてざわめきたっているさまが、なんとなくこの一夜の不穏を感じさせる。

そもそも、シュクについてレムス王との対面をこい、またそののちレムスの配下にいざなわれるままに北アルムと称する場所に連れてゆかれて、そこでレムスと――そしてレムスを通してあらわれたヤンダル・ゾッグとほとんど刀で斬り合うも同然のことばをかわして、ずいぶんとそれなりに時間が経過しているはずであった。通常で考えれば、シュクから北アルムに移動するあいだにもう夜があけても不思議はなかったし、また、そののちに、馬車で北アルムからクリスタルへ移動するという、それだけの時間をとっていれば、たとえシュクに到着したときにまだほとんど夜になりかけたばかりの時間であったとしたところで、とっくに、そろそろ東の空は白みはじめていただろうし、もっとも論理的に考えれば、もういまは馬車から降りたらすっかり明るくなっているくらいの時間であるはずだった。だが、夜はいっこうに明けるようすがない。

まるで、夜は明けるのを忘れはて、太陽は昇るのを忘れてしまったかのようだ。それほどに、ひっそりと夜はいつまでも大地の上にひろがり、街におおいかぶさり、そして誰ひとり歩いているものもいない街角は、風だけがぶきみなうなりをたて、おそろしく見知らぬ、異形の、そして見慣れぬ相貌をさらしてひろがっている。

クリスタル・パレスに入っても、事情は同じであった——いや、いっそう、闇は深くなり、知らぬものがみたら、まさにいまようやく夜はたけなわ、その深更を迎えたとしか思えなかっただろう。時のうつろいを示す月や星もない。ただ、うっそりと暗い夜だけが、まるでこの一画にかぶせられた黒いびろうどの隠し布のように、このあたりからすべてのあかりと明るい朝とをはばんでしまっているかのように思われる。

グインは注意深い目でじっと、そのようすを観察していた。ゆらめきもだえる木々のさま、確かに美しいシルエットをみせている、だが妙にえたいのしれぬ濃密さを秘めた尖塔の数々、そして闇のなかにひそんでいる奇妙な異形のにおい——

そのにおいは、グインが馬車をおりたその瞬間から、グインの鋭敏な嗅覚につよく訴えてきていた。それは、何がどうともいえぬ——特定の没薬ともいえねば、何かはっきりとこれと名指すこともできぬ、空気のなかにひそんでいる異国のにおい、といったような感じのするものであったのだが、それでいて、グインには非常にくっきりと（このにおいは、知っている……）という確かな記憶を呼び覚ますものであった。それが、どこで、いつ嗅いだものであったのかまでは、断定できなかったが。

だがいずれにもせよ、ここが通常の意味での中原世界でない、すでにもう、そんなものではなくなってしまって久しいということだけは、グインにははっきりとわかった。グインにとっては、キタイを経巡ってきたことで、さまざまなあらたな記憶や知識がたくわえられている。その空気の微細なにおいを、キタイでかいだことがある、とまでは確言できなかったが、しかし、空気ですらもはや、どこかに《魔》の粒子を秘めている、妖しい異形の空間に、かつての栄光をきわめたこのパロの王宮がなりはてている、ということは、確かであった。

グインは、魔道士たちにおしつつまれるようにして、むっつりと歩いていった。それほど長く歩くまでもなかった——グインを案内している魔道士が、ふいと片手をあげると、目のまえにひろがっていた黒い建物の正面にぽかりと青白い鬼火のようなものが出現した——それは、あかりを手にした魔道士たちが二人、あらわれて巨大な扉を開いたのであった。

かれらのうしろに濃密な闇が、ねっとりと、いかにも何かをひそめているらしくひろがっている。グインは唇をかみしめ、そしてあらためてヤーンのまじないの聖句をとなえることもなく、ぐいと胸を張ってその闇のなかに足を踏み入れた。

かすかな笑い声のようなものが、遠く耳の底に鳴っているような錯覚がした。同時にまた、かすかな、すきとおるような水晶の鐘かなにかが打ちならされているような音が左右と頭上からいくつかひびいてきて、たちまち消えた。グインは油断なく頭上をふりあおいだが、むろん何も見えなかった。

濃密な闇――ほとんど生命あるアメーバのようにさえねっとりと感じられる妙になまあたたかい闇が、グインをとりまいていた。それから、ふいに、それは、ふわりと後退し、正面のところにレムスが出現した。

レムスが黒いマントすがたであらわれると同時に、魔道士たちはうしろにさがってひざまづいた。かれらのうしろでいつのまにか、巨大な玄関の扉はぴったりととじていた。そして、うすあかりが室内を照らし出した。そのうすあかりに映し出されたのは、おそろしく高い天井と、非常に優雅な繊細な細工をほどこされた何本もの円柱をもつ、とても美しい広間であった。円柱が室のまんなかを別世界のように区切り、その外側には回廊がめぐらされている。そして、室の奥は低い階段がつづいて奥の間のほうへ続いている。円柱と円柱のあいだは美しい優雅なアーチとなっており、そのまんなかの、天井の中心部は、おびただしい意匠が描かれている、たいへん精密な壁画でびっしりとくまなく埋め尽くされていた。

「わが王宮へようこそ、ケイロニア王グイン陛下」

レムスがいくぶん皮肉そうなひびきを帯びているものの、充分に丁重な声で挨拶し、かるく膝をまげて礼をしてみせた。

「クリスタル・パレスは心よりこの賓客を歓待させていただきましょう。……貴方はもはや、クリスタル・パレスのなかにおられる。いま、貴方がおられるのは、パロにそれと知られた水晶殿の一画です。水晶殿はご存じと思うがクリスタル・パレスの主宮殿として、五つの棟からなり、またの名を五晶宮と呼ばれている。そのなかの、もっとも大きいのが水晶宮、そのうしろにもうちょっと小さい、紫晶宮があり、これは聖王宮と通称されている。これが、ぼくの日頃のすまいというわけです。——そして、あなたはかのランズベール門からロザリアの庭園をぬけ、ルアーの塔とヤヌスの塔にはさまれた、十二神門から聖王宮に入り、いまそのなかの、黒晶小殿と通称される一画におられる。北側から入ってきたのでそうした入り方になられたのは少々残念ですね。本当は水晶宮のもっとも美しい状態は、女王の道を通り、右に真珠の塔をいただく紅晶殿、左に水晶の塔をいただく緑晶殿の世にも美しい均衡を眺めながら、まんなかにそびえたつ五層の殿堂、水晶殿の正面入り口へと進んできていただくことなのです。そして水晶殿を通り抜けて聖王宮に入る——この主宮殿はそのうしろにルアーの塔とサリアの塔、まんなかにさらにもっとも高いヤヌスの塔をひかえ、これがすなわちこのクリスタル・パレスが『七つの塔の宮』と呼ばれているところのゆえんをもっともまざまざともっとも美しく明らかにしてくれるのですけれどもね」

2

「……」

グインは、あえて、レムスの観光案内には答えなかった。

答えるかわりに、ただじっとあたりにゆだんなく目をくばり、五感のすべてを動員して、神経の端までもはりつめてふれてくる異変をさぐろうとつとめている。レムスが自慢するとおり、それはたしかに非常に美しい宮殿であった。

むろん、ケイロニア王たるグインにとっては、豪壮さや、豪奢さなどは、おのれの——世界の最強国たるケイロニアの黒曜宮でいやというほど見慣れたものでありはしたが、それでも、そうしてうすあかりに照らし出されているクリスタル・パレスの一部分を見ただけでも、逆に黒曜宮を知っているだけに、そのもろもろの違いには目をひかれぬわけにはゆかなかった。そうしてみると、同じほどに豪奢であり、豪壮であり、宏壮であったが、明らかに、ケイロニアの黒曜宮と、そしてパロのクリスタルなるクリスタル・パレスのあいだには、非常な差異がひそんでいた。それは、むろん、もともとの様式の相違が大きかったには違いない。ひとことでいえば、サイロンの黒曜宮の建てられている様式は、豪壮であり豪奢ではあったが、それでもまだクリスタル・パレスに比べれば充分に簡素であるとさえいえるものであった。その分、力感にみち、どっしりと重々しい、重厚な貫禄を持っているのが黒曜宮の特徴であった。天井の高さや柱の太さ、そして金襴の重たいにぶいきらめき、などについては、黒曜宮は確かにこれは北の都の王宮なのだ、という暗鬱な魅力のようなものを見る者に感じさせたに違いなかった。

一方クリスタル・パレスは、げんざいの中原でもっともよく、古代カナン様式を踏襲している擬古典様式の宮殿である、ということについては定評を得ており、そして古代カナン様式というのは、かつて「この世でもっとも美しい」とか、「これよりも華麗な建築様式はたとえ何千年を経たとしてももはやきわめることは不可能だろう」とさえほめたたえられた洗練の極致に達し得た様式だった。それは基本的に、無数の彫刻をほどこした円柱とそのあいだを抜けてゆく優雅な回廊、そして美しい尖塔と建物の外側についている広い大きなバルコニーを特徴としており、その円柱にどれほど美しい彫刻をほどこせるか、がその建築の格式を決定するものであった。また、その円柱のあいだの壁面にはそれぞれに壁龕がもうけられ、そこにきわめて精緻な彫像がおさめられていたり、また壁龕のなかにおさめられていないもっと大きな彫像もふんだんにあちこちに立っていた。その壁龕と壁龕のあいだをおおっているのは、優美で手のこんだタペストリ——

豪華な錦のつづれ織りであった。

柱のあいだにはまた、たくさんの巨大な花瓶がそこかしこに置かれて、ふんだんに生花が生けられ、空気をきよめ、かつ甘いにおいをふり零すようにされている。また、貴婦人の室などには、隅々に果物と花をアレンジした美しい籠を彫刻したものがおかれて、室全体の甘い空気を維持するようになっている。とてつもない贅沢と豪奢と絢爛——それが、カナン古代様式の粋であり、そしてこの宮殿は、その様式の象徴ともいうべき建物なのである。

豪壮とスケールという点からゆけば、おそらくはケイロニアの黒曜宮に軍配があがっただろうし、繊細さと芸術性という点からゆけばむろん古代カナン様式の勝ちだっただろう。いずれも贅をきわめ、考えぬかれ、粋をこらされた建物であるには違いなかったが、目的とするものや、あるいはそれを建てた国民性の違いをまざまざと示すかのように、二つの美しい宮殿ははっきりと異なっていた——それこそ、黒と白ほどにも、海と山ほどにも、異なっていたかもしれぬ。

そして——

それだけではなかった。

様式の違いや建物の豪華さだけであったら、建築の専門家でもなんでもないグインにとっては、要するに、「それだけのこと」でしかなかったに違いない。だが、グインには——かつて、リンダ大公妃がぶきみな怪物の道案内で、キタイの竜王とも、弟のレムスとも判別のつかぬ怪人物とともにこのあやしい宮殿にわけ入った、そのときとまさに同じように、そのときリンダの感じたのと同じぶきみさ——異質さ、そしてあやしさが、はっきりと、この建物に足を踏み入れた最初の一瞬から感じとられていたのであった。その意味では、巫女姫であり、また強力な霊能者でもあるリンダに匹敵する、とはいえぬまでも、グインにそなわった感覚の鋭敏さも、かなり高度なものであるといってよかったかもしれぬ。

　グインはじっと、一言も余分なことばを発さぬまま、すべての五感の触覚をはりめぐらして、少しでも多くの情報を得ようとつとめていた。レムスはそのようすを面白そうに見た。

「面白いですか？」

　かれは、苦笑まじりに評した。

「ずいぶんと好奇心の強いおかただ……それとも豹というのは、そんなに好奇心の勝った生物だったのかな。……さあ、ここがぼくの宮廷ですよ。どうです、もう、ここには朝も夜も昼もないのですよ……もちろん、ぼくが——それともあの人が、『かくあるべし』と命じたその瞬間には、それはすべてがそのとおりになるのですがね。……ぼくは、もとよりそんな力は持っていなかったが、いまとなっては、竜王のおこぼれをさずかったというわけなのか、多少はそうやって時間だの空間だの、人間だのを制御することができる。これは面白いですね。……いやもう、たまらないくらい、面白いですよ。力をもつ、ということがこんなにも素晴らしいことだとぼくはこれまで、何ひとつ知らずにきましたからね。……自分がレムスなのか、それとももはやそうではないのか、そんなことはどうでもいいとさえ、思われてくるほどです」

「……」

いかにも、その考えはまちがっている、といいたげにグインはゆっくりとトパーズ色の目をあげてレムスを眺めた。そして、何も云わなかった。

レムスはグインが反論してくるかと身構えていたが、何もいわぬので、拍子抜けしたようにそのまま回廊を先へ先へと歩をすすめていった。

「どうですか、美しい宮殿でしょう。それにここではもう、時は流れることをやめたのです。……だから、このなかではひとびとはもう永久に美しい。年をとることもなければ、不幸になることもない。このなかでは、みんなが、永久に若く美しく、そして幸福なままなのですよ。夜のあけるときはもうこないのだから。……このなかではいつまでも、とこしえの舞踏会がくりひろげられ、仮面舞踏会に酔いしれるひとびとが思い思いのマスクを手に、恋を語り、酒に酔い、踊り狂っている。……これこそ、天国だと思いませんか」

「下らぬことを考えたものだな」

ぶっきらぼうにグインは、はじめて口をひらいた。

「永遠に時が止まっているなどということは事実上不可能だ。ただ、お前は——あるいは竜王は、この宮殿のなかで、人々を人形と化させたにすぎない。もし万一、まことに時をとめ得たとしたら、お前はただちに時そのものからのしっぺ返しをくうだろう。我我は、時を自由にできぬからこそ、時からの恩恵を欲しいままにもまたしているのだ」

「相変わらず、哲学者ですね。それに相変わらず巧みな警句だ。だが、もう、この宮殿のなかではぼくが造物主なのですよ。あ、いや、もちろん、そのすべてをやってのけたのはあのキタイ王であるには違いないが……ここのばかな連中はぼくと竜王の見分けがついていない。まあ、とりあえずどちらも同じすがたかたちはしていますからね、ひとまえに出るときには。まだむろん、いささかの正気を保っているものもいるが、そいつらこそもっとも辛い思いをしているに違いない。だって、まったく、何がおこり、いったい自分たちがどうなってしまおうとしているのか、理解できないままでいなくてはならないのですからね。……もう、この宮殿から帰ることはできない。そしてまた、出ていったものは戻ってはこない。だが誰も苦しむことはもうない。なぜなら、ここには、もう時は存在しないのだから」

「……」

「さあ、ケイロニア王グイン陛下。我々クリスタル宮廷が総力をつくした、おもてなしの仮面舞踏会へようこそ！」

かれらは、長い、うすぐらい回廊に入っていた。その向こうには、つきあたりに非常に背の高い、大きな扉があり、その手前の回廊は両側に歴代の王たちの巨大な肖像画や彫像をならべた、画廊の展示場のようになっていた。そして、その扉の手前には、かなりぶきみなものたちがひざまづいていた——首から上が、小さな鳥の頭になり、その頭の両側から色とりどりの羽根を両側に飛び出させている、小さな、首から下は侍女のお仕着せを着た女たちであった。

「ケイロニアの豹頭王陛下！」

鳥頭の女たちはいっせいに耳ざわりな金切り声をあげ、そしてまたうやうやしくひざまづいた。考えてみると、これが、あの魔道士たちとレムス以外では、この広大な宮殿に入ってからはじめて見た、とりあえず生きて動いている存在であった。

「場所をあけろ」

レムスは厳しく命じた。

「バカ共め！　お前たちがそこで道をふさいでいたら、豹頭王陛下は仮面舞踏会においでになれないいじゃないか！　道をあけろ。そしてお前たちの仕事に戻るんだ」

「カー」

鳥女たちはいっせいにくちばしをうちならすようにして、奇妙な鳴き声をもらした。そして、頭の両側の羽根をぱたぱたさせながら、うやうやしく立ち上がると、妙に優美でないこともないしぐさで、壁際にひきしりぞき、グインとレムスを通すのだった。どこかでどおーんと、底ごもる銅鑼が打ち鳴らされた。そして、巨大な扉がギイギイときしみながら左右に開いた。

ふいに、まばゆい光と色彩が、暗がりに馴れてきていた目に飛び込んできて、グインは少し目を細めた。たちまち、かれらは、巨大な——驚くほど巨大な宴のおこなわれている最中の大広間の入り口に立っていた。

だがその宴にはいいしれぬほどおかしなところがあった。いったい、何がその異様さをもたらしているのか、グインはちょっと考え、すぐに気づいた。それは、《音》であった。

ふつう、これだけにぎやかに人々がいて宴がおこなわれている広間であったら、もうずっと遠くからさまざまな談笑の物音や、伶人のかなでる楽曲のしらべ、そしてふれあうグラスや食器のにぎやかな物音がきこえてきてしかるべきだっただろうし、どれほど防音の完璧な扉であったにしたところで、そうであればいっそう、その扉があけられた瞬間にはどっとそれらの物音が流れ込んでこなくてはおかしかっただろう。だが、その大広間には、物音ひとつしていなかったのだ。

それでいて、そこにはびっくりするほど大勢の人間がいた。それは、もう、かつてリンダが見て恐怖と怒りにおののいたような、首から上が獣の人間たち、魔道によって、レムスのいうところの《本当の自分》のすがたにかえらされてしまった人間たちではなかった。

一見したかぎりでは、その舞踏会の会場を埋め尽くしているのは、べつだん何のへんてつもない人間たちだった。ただ、グインのするどい目はすばやく、両側の壁の前に一連隊づつ並んでいる、竜騎兵——あのお馴染みの龍の頭をもつ怪物兵士の巨大なすがたをとらえたが。それもなにか妙にもはや、この異形の宴と馴染んでいて、ことさらにぶきみなものがいるようにもすでに思われなくなっていた——むしろ、ちょっとかわった巨大なかぶとをつけた兵士としか、見えなくなっていたのかもしれない。

それよりも、もっともぶきみなのは、まるでことばのすべてを奪われたかのように、こうして見ているかぎりではいかにもにぎやかにさんざめいているふうに話し合ったり、笑ったり、あまつさえ踊りを踊ったりしているとしか思われないようすであるのに、いっさいの音というものがしてこない、この人々のほうであった。かれら自身はにぎやかに楽しげに談笑し、笑いさざめいたり、踊ったり、踊りに誘ったりしているし、そうしていると信じてもいるようなのである。それなのに、音のほうはまるでぷつりと音そのものがこの世からすべて消されてしまったかのように、一切彼らの口からも、奏でられる楽器からもひびいてはこないのだ。まるでぶきみな大道芸人の演じる無言劇のように、それは奇妙にぞっとさせられる、皮肉な哄笑をさえ感じさせる光景であった。

人々が身につけているものは、基本的にはパロふうの衣類であったが、しかし必ずしも「いまのパロ」のものではなかった。なかには、そんなことには詳しくないグインにさえとてつもなく古い様式なのだろうということが簡単に察せられるような、おそらくはパロ建国の前後の様式なのではないかとさえ思われる、仰々しい、重たげなかざりをふんだんにつけた長い衣装をまとい、頭の上にとてつもなく重たそうな黄金の冠をかぶった貴族や、いくぶんキタイふうを思わせる錦織の長い衣装をつけ、その上からこれまたやけに仰々しい何重もの襟のついたそでなしマントをはおった貴婦人の老婆などがいた。全体にかれらが身につけている衣装は、あれほどに「世界の最新流行の発信地」として名高く、またそういう自負を持っていたはずのパロの宮廷の人々とは思えぬくらいに、時代遅れの感の強い、古めかしいものばかりであった。それはいかにも、故意にそうして古いものばかりを選んで着せられている人形然とかれらを見せた。

だが衣装は古めかしいという点をのぞけば申し分なく豪奢であったし、かざりはかえって最近の流行よりもふんだんについていたから、広い大広間のなかは、にぶい金や色とりどりの金襴、つづれおり、絹やびろうど、繻子のにぶい輝きでいっぱいであった。また宝石もふんだんに使われていた——貴婦人たちはみな、こぞって手首にも首にも頭にも、いやというほどたくさんの宝石類をかざりつけ、それがあちこちの燭台のあかりに鈍くきらめいていた。

全体に、このところの流行としては、パロでは、比較的あっさりした意匠が好まれ、ことに髪飾りには、そうした豪華な宝石類をたくさんつけるよりも、生花をあしらったさわやかなもののほうが粋とされるようになっていたのだ。だが、その時代に逆行したこの宝石類の洪水は、室全体に、あやしい重々しい、そして仰々しい一種の美しさをそえていることは間違いなかった。

グインは注意深く人々を見つめていた。そうして見ているかぎりでは、なんの音もしてこないという以外には、特にかわったところがあるようにも思われない。だが、グインの炯眼はすでに、かすかな異変の気配——というよりも、その華麗でいかにもにぎにぎしい、中原一の伝統と文化を誇るこの聖王家の宮廷の下にひそむ、あやしい冷たい《死》の腐臭のようなもののかぎろいを見てとっていた。人々の表情はあまりにもうつろであり、その笑顔はあまりにも空疎であった。その微笑は何ひとつ真実を告げてはおらず、その口から発されることばは耳に達しない無音のことばでしかなく——その目はガラスの人形の目に酷似していた。グインにとっては、ここに並んでおそらく夜ごとにこうして饗宴をくりひろげるよう命じられているのだろうこの人々は、ただのからくり人形の群れでしかなかった。

いや、事実そうであったのかもしれなかった。かれらの顔はきれいだが固く、そしてその動きはどことなくぎくしゃくとぎこちなかった。かつてのパロが持っていた、あの華麗にして活発な、世界中に最高の文化を発信していた輝きと生命力のようなものは、すでにどこにも、かけらひとつ見いだすことが出来なかった。ここにいるのは、まさしく、死人《しびと》たちの群れであった。

「……いかがです」

レムスは微笑した。そして、得意そうに手をあげた。

「めったにないほど、優雅でしずかな饗宴でしょう。でももし、にぎやかなのをお望みでしたらね……」

レムスの目が赤くきらめいた。彼は手をあげて、ぱちりと指をならした。

「笑え」

たちまち、広間のなかじゅうに、うつろな、まるでからからと枯れ木の穴のなかで風が鳴っているようなぶきみな笑いが鳴り響いた。

それはかなりぶきみな――というよりも、ちょっとでも正気を残している人間にとっては我慢のならぬような感じであった。グインはいやな顔をしてレムスを見つめたが、レムスは平気で、さらに指を鳴らした。

「よし、談笑しろ、楽しくやるんだ。ばかども――ケイロニアの豹頭王陛下をお迎えして、そんなぎこちない笑い方しかできないのか。もっと盛り上がれ——にぎにぎしく饗宴をくりひろげてお目にかけるんだ。陛下がつまらながっておいでになるぞ」

たちまち、楽曲の音が広間に流れ出た。そして、人々のわざとらしい、というよりまるであらかじめそうとさだめられたとおりの台本にそって話してでもいるかのような大声の会話の声も。グインは本格的にイヤな顔をして、レムスをふりむいた。

「俺はお前に問いたいことがある」

「なんですか」

たちまちに広間を埋め尽くしたわざとらしい喧騒のなかで、レムスは声を大きくした。

「やっと口をきいて下さいましたね。さあ、何なりと。……その前に飲み物を運ばせましょう。何がよろしいか。なんでも揃っていますよ……おお、みんな、馬鹿の一つ覚えのようにしているんじゃない。踊れ、踊るんだ」

人々はただちに云われたとおりに踊り出した。あまりにいそいで云われたとおりにしようとしたので、たがいにぶつかりあうくらいだった。音楽の音はしずかに高まっていったが、もはやそれはグインには、いかなる興趣ももたらさなかった。

「さあ、酒がきました。こちらはケイロニアのはちみつ酒、こっちはモンゴールの火酒ですよ。それにこれはパロ名産のカラムの実をいれたはちみつ酒です。どれでもお好きなのを……あなたにはこれは少し甘いかな。こちらのキタイのぶどう酒はどうです。キタイでは飲まれたのじゃないですか。なかなかおいしいものですよ」

「俺は何も欲しくない」

きっぱりとグインはいった。レムスはなおも盆の上の杯を選ばせようとしたが、グインが手を出すようすがないので、苦笑して、なかのひとつを手当たり次第にとりあげた。

「何も、毒は入っていませんよ」

苦笑して云い、つとそのとりあげた杯をのどが渇いているかのように一気にほして、また次のを手当たり次第に取り上げる。

「で、何をお聞きになりたいのですと」

かれらは、広間を、わざとらしい仰々しい礼を受けながら横切っていって、つきあたりの高い台の上にのぼり、そこからうつろな偽りの饗宴を見下ろしていたのだった。そこは国王のバルコニーという感じでかなり高くなっていたので、その下でぶきみな命じられたさんざめきを演じているからくり人形たちのこっけいな、グロテスクなようすをひと目で見渡すことが出来た。

「ほかでもない。それは、お前が、このような真似をして何を得ようとしているのか、お前はこのようなことをして楽しいのか、ということだ」

グインはいくぶんあわれみに眉をかげらせながら、下のようすを見下ろしていた。レムスは傲慢そうに細い眉をつりあげた。

「何を得ようって……それはもう、いろいろと得るものはありますよ……まず、この世には決してありえないはずの完全なる従順。それはたとえケイロニアの豹頭王、あなたの威光を持ってしてさえ十割は得られないはずのものを」

「完全なる従順か」

グインは低く云った。

「狂気の沙汰としか思えん言葉だが。俺にとっては、それは——完全なる従順とは、完全なる死とえらぶところのないことばにきこえる」

「それは、貴方にとっては、おおむねの従順と崇拝というのはつねにたやすく手に入るものなのでしょうからね」

レムスは口答えした。

「しかしぼくにとっては——これはもう、レムス・アルドロス当人としていうのですが、たまたま国王になるべき家柄と血のもとに生まれてしまいながら、それだけの力を持っていないということを発見しなくてはならなかったぼくのような者にとっては、人々の不服従とうらおもて、そしてかげひなたある態度と、裏でのたまらないからかいや反抗やさげすみ——それほどにつらいことはなかったですからね。何が楽しいとおっしゃいましたね——ぼくにとっては、これほどの満足はないですとも。永遠に、さからうことのない臣下！　決して反逆をおこなうことのない、くわだてることさえ知らぬ人形たちの宮廷！　素晴らしい！　これこそ、ぼくののぞんでいたものですとも！　まさにこれこそがね。もう、いつくわだてられるか、いま現に進行しているのかわからない反逆に心をいためたり、疑心暗鬼になったり——自分の実の姉とその良人と、そしてもっとも信頼していた腹心とが謀反をおこすのに直面したりするのは二度とごめんですよ。そう、そのくらいなら、宮廷をまるごとひとつからくり仕掛けの人形劇にかえてしまったほうがどれほどすっきりするかわからない。少なくともかれらはもう二度とぼくが命じることなしには、笑うことも愛することも憎むことも——したがって反逆することも、ぼくをさげすむこともない。これこそ理想の宮廷ではないでしょうかね……本当はすべての国王、すべての将軍が望んでいる？」

「お前は、本当にそう思うのか」

　グインはいたましそうにいった。

「だとしたら、お前は……ウム、確かにそのことばをきくと、お前は本当にレムスであって、ヤンダル・ゾッグではないのだなということがよくわかってくる。そして、それゆえにいっそう俺にはお前がいたましい間違いをしていると思われる。……ヤンダル・ゾッグのしていることは俺にはなぜか知らず、比較的よく理解できるのだ。といってむろん、それが中原に対する侵略であるかぎりにおいて、俺は容認するつもりは決してないが。だがそれは、俺には理解できる——それは、イシュトヴァーンを、アルド・ナリスを、またケイロニアの皇帝を理解できるように理解できるのだ。その理解はまちがっているかもしれないし、正しいのかもしれないが、俺にしてみればこのように理解するしかない。俺に出来るのは所詮、おのれを通じての理解だけでしかないからな。だが、お前のその思いは――理解できぬというのではない、ただ、いたましいと思うのだ。また、間違っているとも思える。お前は、おのれの苦しみから逃れることをもとめて、他のすべての人間の人間性を圧殺してしまったのだぞ――それではお前はもう永久に、二度とこのさき他の人間と出会うことは出来ないだろう。お前をとりかこむのはお前が笑えと命じたときに笑い、お前が踊れといったときに踊る、魂なき人形だけだ。お前は二度とまことの愛や同情や共感には出会うことができなくなってしまうのだぞ。それでもいいのか」

「それのどこが、いけないんでしょうか？」

レムスは奇妙に昂然と問いかけかえした。

「それはむしろ逆にぼくがききたいな。あなたは、どうして、そのほうが不幸だと考えるんです？　他の人間など――貴方を不幸にするだけの役にしかたたない人間を、それでも貴方は愛したり共感を求めたりして、それで傷ついても、それでも人形よりも苦しむことのほうが、命じられた従順よりも憎悪や反抗のほうが喜ばしいと、そう貴方は言い得るんですか？」

3

グインは、ちょっとのあいだ黙っていた。

それは、あきらかに、彼にとっても非常に重要な質問であり、またぐさりと核心にふれてくる問いかけであったのだ。そして、グインは、そのことを看過してレムスに答えるには真摯であったし、また、たとえこの状況がどのように異様な、異形のものに思われたところで、そのなかにレムスにとっては重大な真実と思われるものが含まれていて、レムスにとってはこれはまったく切実な選択であったのだ、ということをグインだけはおそらく、充分に理解できたのだった。

彼は黙っていた――そのあいだ、彼の頭のなかを去来していたのは、疑う余地もなく、彼がどれほど愛し尽くそうとしても、そのすべてを悪意にとり、彼に失意と失望を叩きかえしてくる妻――彼のほうは何の他意もなく必死にその意を迎え、不器用にぎこちなくとはいいながら守り愛そうとすればするほど、すれちがってゆくケイロニア王妃の蒼白いやせた顔に違いなかった。

(貴方がどうしてもあたしを置いていってしまうというのなら、あなたがいないあいだ、かたっぱしから男を寝室にひきずりこんで、あなたの顔に泥をぬりたくってやるわよ、グイン！)

その、苛烈な絶望の叫び。

シルヴィアにしてみれば、ケイロニアの守りも、ましてや中原の平和などということなどひとかけらの意義もなく、ただひたすら、おのれの求める庇護と幸せと安定だけが重大であったに違いない。そして、グインにその飢えた幼い心を叩きつけて、それが受け入れられている、と感じているときだけ、シルヴィアはかすかに安心することができたのだ。

「俺は……」

やがて——

にぶい声で、のろのろとグインは答えた。

「俺は——それでもなおそう思う。……俺はたとえどのようにおのれが苦しんだとしても……理解を得られなかったとしても、それが不当だと思ったとしても——あるいは、それが不当だと知っていてさえ——やはり、俺は……相手は人間であってほしいと思う……人間なればこそ、おのれの意志によって苦しんだり……憎んだりもする——ゆきちがい、すれちがい——一方的に要求を叩きつけてもくる——だが、それだからこそ…

……」

グインはまたちょっと黙った。

その心のなかでいかなる争闘がおこなわれていたのか――だが、次にことばをつづけたとき、しだいに、グインのおもては明るく、そして確固たる自信とおのれの判断への確信とにいろどられたものになっていたのだった。

「そう――たぶん、だが、それだからこそ、すべては正しいのだ。人形たちは判断することをせぬ――もはや、かれらは苦しむこともないのかもしれぬ。だがそれはかれらが人間でないからこそだ。かれらはもうお前を二度とさげすんだり、わずらわせたり、反逆したりすることはないだろう。お前は安泰だろう――だがそのかわり、お前はまた二度と、そのおのれをさげすんだり、反逆したり、かろんじていた相手に、おのれの成長を認められ、相手が自らの誤謬をいさぎよく認めてお前を受け入れた、という喜びに出会うこともなくなってしまうのだ。――信じなくなれば、お前にはもはや不信しかかえってはこない。生命なき場所には、死しか存在しない。――そう、俺は、生命をのぞむ――そこに憎悪や不幸や行き違いや苦しみがあるとしても……それは、それこそが、生命そのものの本質であると俺は思う――死はもはや苦しむこともないかわり、愛することも、愛ゆえに苦しむこともまたないのだ。俺は――たとえどのような苦しみでも、それこそが、存在していればこそそのものとして喜んで受け入れるだけのつよさと大きさとを持ちたい。俺がその苦しみを受け入れられないとしたら、それはただ俺が充分につよくはないということをしか示してはいないのだ。苦しみがなくなることは間違っているのだ——生きているというのは、苦しみとそして喜びとがともに存在しているということで——片方だけを望むことはできない。苦しみだけをも求めるのは間違っているし、喜びだけの世界もまたありえない——そして、苦しみをしめだそうとしたとき、喜びもまた世界から失われ——そこに死がやってくるのだ」

「………」

レムスは、グインを、まるで親の仇でも見つけたようににらみつけた。

それから、ゆっくりとくちびるをなめまわして、神経質そうに微笑した。

「けっこうな哲学者ですね」

皮肉っぽく彼は評した。

「それに、素晴らしい人間的な演説を有難うございました！　それはたいへん素晴らしくきこえますね。ぼくにいわせれば、そんなのは力をあらかじめ持った人間の贅沢な傲慢なたわごとにすぎないけれど。あなたにはわからないですよ、グイン。何も持ってない王の苦しみ、どん底の——苦しみならばまだいいが、不愉快きわまりないみじめでこっけいな自己嫌悪などというものは。あなたの苦しみは英雄的なもので、それこそご立派な吟遊詩人のサーガにでもなりそうなものだ。だけどぼくのは——若僧すぎて誰にも受け入れられない王なんて、しかもかたわらにご立派すぎる宰相がおいでになって、それにすべての人気を奪われている国王なんて……ただの道化でしかないし、ただの道化にたいしてどれほど人々がむごいしうちをするものか……そんなことは、生まれついての英雄である貴方には想像もつかないんだろうな。あなたにだってわからないことはたくさんある。ありすぎるくらいありますよ。あなたはいつも、自分にわからないことは何ひとつないとでもいいたげな、確信ありげなようすで喋るから、たいていの人は眩惑されてしまうんでしょうけれどね！」

「そんなことはない」

　グインはむっとしたようすもなく、眉ひとつ動かさずに答えた。

「俺にはわからぬことはたくさんある。あまりにありすぎていつも困惑している。誰かが俺ならわかるだろうと思うことの大半は俺にはまったくわからぬことばかりだ。どうして、ひとが、俺がいろいろ知っていたり、わかっていたりすると思うのか、俺にはわからん」

「そりゃあもう、その偉そうな態度で重々しくなんでもわかっているといいたげに喋るからに決まってますよ！」

　憎々しげにレムスはいった。彼は、さっきのグインのことば以来、隠そうとするようすもなくグインへの悪意をあからさまにむきだしていた。

「だけど、あなただって弱点はあるんだし——たぶんあなたのその重々しいようすが、部下たちに対してそのあなたの弱点までも人間的だ、とかいう長所に見せかけてしまっているのか、それともあなたがとてつもない偽善者なのか、どっちかだってだけなんだ。さもなきゃその両方かね！　そう、ぼくは面白いですよ。何が楽しいのかとおききでしたね。こんな面白いことは滅多にないですよ。きのうまでぼくをばかにして、かげでぺろりと赤い舌を出して、またその赤い舌を出していることがぼくにわからないだろうとまでぼくをなめきっていたやつらが、腹のなかまでカナンの石になった人々と化して凝り固まって、ぼくが指をこうしてぱちりと鳴らせば——」

レムスはふいに手をあげて、するどく指を鳴らし、声をはりあげた。

「止まれ。そのつまらん踊りとばかげたしゃべりをやめるんだ」

とたんに人々はぴたりとしずまりかえった。というよりも、その場にそのまま石像と化して凍り付いた。

たちまちに、そこは、かの伝説のカナンの饗宴と化していた。夜中すぎまで遊び続けていた人々のあいだに悪魔がおりてきて、すべての人々をその場で石像にかえてしまった、というその伝説そのもののように。

「もう、きゃつらは永久にこうしているしかないんだ。ぼくが次に動かしてやる気にならないかぎりね」

レムスは大笑いして云った。そして、酒をぐいと飲み干し、これまた彼の前にひざまづいたまま、酒をのせた盆を捧げ持って石像と化していた小姓の捧げている盆から、次の杯をとってさらに飲んだ。

「最初のうちは、きゃつらを、『本来の姿に戻れ！』という呪術を使ったのですよ。これはもちろんヤンダル・ゾッグがですけれどね。それで、きゃつら、頭から上がけだものになったり、首から下が毛むくじゃらになったり……とても滑稽な格好で、うろうろうろつきまわって、本当にぼくはしばらく抱腹絶倒でしたよ。腹をよじるとはまさにこのことだと思いましたね。きゃつらのひとりひとりの隠し持っていた本性がこれほど明瞭におもてにあらわれて——こんな胸のすかっとしたことはなかった。ヤンダルは、キタイでこの術を旧宮廷の連中に使ったときにはずいぶん大勢の貴族たちが、変身できなくて——自負と本性とがぶつかりあって、そのまま発狂して死んでしまったり、爆発してしまったりした、と教えてくれました。そうしてみると、パロの宮廷の隠していた欺瞞のほうがいっそうたわいもなくて、その分まことにみごとにうらおもてがあったというだけのことですね。……それで、ぼくは、しばらくそれで興じていたのだけれど、そのうちに、うんざりしてしまった。その、本性をまるだしにしたみじめなすがたにされてしまったことも知らずに、かれらが平気で続けている宮廷芝居、おそろしいほどのその欺瞞ぶりがね。もう見るのも苦痛になってきて、これ以上もう人間を嫌いになどなれないと思っていたぼくだったのに、もっとさらにずっと嫌いになってしまった。それで、ヤンダルに頼んだのですよ。もう、こんなことはやめてくれ——こんなところにいたらぼくは気が狂ってしまう、と。ヤンダルはぼくにどうしたいのかたずねてくれた。それでぼくはこう望んだのです。ぼくが動けと望んだときにだけ動き、あとは永久に石像と化しているだけの宮廷がほしい、とね。ヤンダルはごくかんたんなことだといって、すぐにかなえてくれた。そうしてぼくは理想の宮廷を手にいれたというわけです。理想的に従順な臣下ごとね。特に、ふつうだったら、そんな連中だったら外からの侵略でもあろうものならひとたまりもないんだけれど、なにせここにはヤンダルがついていますからね！　彼がいるかぎり、どんな侵略も受ける心配はない。いまのこのクリスタル・パレスこそ、ぼくにとってはずっと探し求めてきた理想郷といってもいいのじゃないかな」

「馬鹿なことを」

めったにないようなするどい口調で、グインは云った。レムスは反抗的にグインをにらみかえした。

「あなたにとってはね。ぼくにとっては馬鹿なことでもなんでもありませんよ、グイン」

「お前は……」

グインはちょっと考えた。それから、ゆっくりと重々しく云った。

「お前は知らぬだけだ。すべてのことは、おのれ自身からしかはじまってはいないのだという真理をな。もしもお前がこのような死の宮廷をしか得られないとしたら、それはお前が生きることのまことを知らぬままでいたからだ。――人々の忠誠も誠実も真実も、つまるところは、おのれ自身の忠誠や真実や誠実の鏡なのだ。まず、おのれから真実に心を開くことなしにひとの心は得られない――お前には、たったそれだけの簡単な真理を、帝王学を教えてくれる者もいなかったのか？　俺はむしろそのことをいたましいと思うぞ」

「何を下らぬことを……」

レムスは口をとがらせた。

「そんなことをいっているあなたがどれほど甘いかということを、あの『本当の自分』の術をつかって、あなたに思い知らせてやりたいな。どうでしょうね、ケイロニアの宮廷であの術をつかって――あなたの《忠実な側近》――もっとも信頼する腹心たちのほんとうのすがたを見たとしたら？　あなたのさしもの人間性への信頼も、相当にこれはゆらぐのじゃないでしょうか？」

「そう思うか？」

意味ありげにグインはいった。レムスはかっとしたようだった。

「あなたは知らないだけですよ。——あなたはとても無邪気に信じている。でも、あなたの知らないところで誰だってあなたを裏切り、あなただってかれらを裏切っているんだ……」

「俺は誰も裏切らぬ。裏切るほど信じてはおらぬ」

「あなたの部下たちがどのような本心を抱いているかを知ったとしたら、あなただって怖くなって……」

「その心配はない。もし、かれらがそのまがまがしい術によってけだものである本性をあらわしたとしても——」

グインはちょっと笑った。

「ああ、手にとるようにわかる気がするな。ゼノンは剽悍な巨大な狼になるかもしれぬ。そして俺の膝に頭をすりつけ、俺の手をなめるだろう。——ハゾスはどうかな。聡明で美しい、育ちのよい毛並みのいい犬にならなるかもしれぬな。全体にケイロニアの人々はみな、犬や狼にはなるだろうが、だからといって、俺はそのことをちっともいやだとは思わぬ。それがかれらの本性だとも思わないし、それをみて失望したとも思わぬ。かれらはどちらにせよ美しい人々だし、何ひとつつつみ隠さずつねに誠実に実直に生きている——その美徳は、パロの人々がさげすみ、かろんじてやまなかったものであるようだが。そして、かれらは、そのようなおもてむきのすがたになど目もくれずにまっしぐらにその奥にあるまことの魂と魂とだけで信頼したり、友情を育てたりしてくれる人々だったからこそ——」

グインは、ゆっくりと手をあげて、おのれの豹頭を指さした。

「俺がこのようなすがたをしていてさえ、まったく忌むこともなく、友として受け入れ、あまつさえ王とさえ呼んでくれたのだよ、レムス。かれらにとって、まこととは、こんなみめかたちの異形によっておおいかくされるものではなかったのだ。俺は、ケイロニアの宮廷に対して、俺の剣を捧げた祖国にたいしてこれほどの満腔の信頼をもって断言できることを何よりも誇りに思う。アキレウス陛下も、いまはなきダルシウス将軍も、ディモスも、誰彼も——俺の知るかぎりのすべてのケイロニアの民は、いつわりも欺瞞も知らぬ。かれらとて反逆の心をいだくこともあろう。そのときにはかれらはまっすぐ相手のところに出かけて『あなたは間違っている』というだろう。それゆえに殺されるとしてもかれらはそうするだろう。——気の毒なダリウス大公だけが、ああして兄上に反逆しようとしてついえたけれどもな。そのとき、彼はわざわざ外国であるユラニアに助けをもとめなくてはならなかった。ケイロニアの民は誰ひとり、彼に賛同しようとなど思わなかったからだよ、レムス」

「ああ、ああ、ああ」

苛々したように、レムスは痩せた手をふって、グインのことばをさえぎった。

「なんて、じっさい、ご立派なかたたちなんでしょうね、ケイロニアのかたがたは！　あまりにご立派すぎて、ヘドが出そうだ。それこそぼくの一番憎むものかもしれないな。とにかく、ひとはみなおのれの姿に似せて神の像を彫る、とパロのことわざにありましてね。ひとは結局のところおのれの都合のいいように世界を解釈しようとするものなのですよ。とにかくあなたがどれほどお説教してくれようと、人道的に感心せんとおっしゃろうと、ぼくがこのような……」

レムスは下の広間の石像の群れに手をふった。

「宮廷を手にいれて幸せになった、というのは確かなことだし——そしてぼくが幸せであるのをとめる権利は誰にもないと思うんですね！　じっさい、ほかの人間のすべてと同様、ぼくだって人間であるんだから！」

「もちろんだ、レムス。だからこそ、俺は、お前が陥ったこの袋小路が不自然にも思えれば、異常なことにも思えれば、気の毒ともいたましいとも思うのだ。これは、まったく、ヤンダル・ゾッグの罠としか、俺には思えぬからな」

「ヤンダル・ゾッグがぼくにくれたのは、自由と平安と幸福と権力だったのですよ。しかもすべて、絶対的な」

レムスは反抗した。

「これより素晴らしいことがありますか？　あなたは第一、ぼくに何もしてくれられやしませんよ。どれほど口清く云ったところで！」

「そもそもその絶対的というところが俺は間違いだと思う。人間であることには、絶対的である、などということは決して両立しないと俺は思う」

「絶対的な信頼をおいてる、という口の下から絶対的なんてことはない、というんだな、貴方は」

　レムスはせせら笑った。

「なかなかに修辞学的な芸当のたくみなかただ。さあ、こうしていてもしょうがないから、ちょっと楽しいおもてなしを考えましょう。というか、あなたをお迎えして、御挨拶をしなくてはならぬぼくの――」

　レムスはちょっとあやしい微笑をうかべて、いどむようにグインを見つめた。

「ぼくの伴侶をご紹介しましょう。なにしろこれは、ケイロニア国王のご臨席を得ためでたい席ですからね。むろん、パロ国王も家族ぐるみケイロニア王をご歓待しなくては。――それに、本当にお酒はあがらないんですか。毒も、それからなんかの粒子もなにも入ってやしませんよ。そんなちゃちなやりかたで貴方を落とせるとは、さすがのヤンダル・ゾッグも思ってないみたいですからね。第一いまのところ、ヤンダル・ゾッグはこの宮廷からどこかへ消え失せてしまってるみたいだ」

　レムスは笑った。いくぶん耳障りな、かさかさとかわいた笑い声だった。

「うん、だんだん、ヤンダルがいなくても、ぼくがこの宮廷を統御できるようになってきた。──それが、ヤンダルの希望だったんです。ヤンダルは一刻も早くキタイに戻りたがっていてね、実は。──というのも、キタイではかなりいろいろとしなくてはならぬことが彼を待っているようなのですよ。それもかなり切迫した事情がね。……それに、これもぼくはすべて知っているというわけではありませんが、実は、彼は──ほんもののヤンダル当人、そのまったくの本体ではない、ということはさっきいいましたよね？　それもあって、あまりに長時間、ここにとどまっているとだんだん能力がうすれてくるようなのです。そしてキタイにもどって《補充》──といったらいいのか、おのれの力をなんらかのかたちで補給してくると、またおどろくほど強力になる。……これだけやはり、おのれの本体のあるところから遠くなってしまうと、あれだけ強力な魔道師であっても、たえずその力をみたしておいて一番強力な状態にしておくのはけっこう困難になってくるようなのですね」

レムスはよこ目でグインをみた。

グインは何もいわなかった。ただ、ひとつひとつ、彼にとって非常に重大な情報をくまなく咀嚼し、とりこんでいるばかりだった。レムスは、何もかもわかっているぞといいたげにグインを見つめて、それからまた続けた。

「だから、ヤンダルは望んでいたんですよ──早くぼくがちゃんと……なんというのかな、独立して、ヤンダルがずっとつきっきりでここにいるわけではなくなっても、何か困難な事態がおこらぬかぎりはぼくがひとりでこの宮廷を維持してゆけるだけの魔力というか、妖力を持っておられるようにと。……そのための協力はだから、彼はおしまずにぼくにいろいろと教えてくれたのですね。まったくそういう方面では素人だったぼくがちゃんとあるていどの妖術を使いこなすことができるようにと。……本当に彼には感謝していますよ。そのおかげで、ぼくはこれまでまったく何の力も持っていなかった、その無力でとるにたらぬ名のみの国王であることから脱出できたのですから」

「それについては、永遠に俺たちの意見は右と左にわかれたままであるようだな、レムス」

グインはいくぶんそっけなくいった。

「それについて俺に賛同してくれと求められても困る。俺にとっては、それはヤンダルに魂を売り渡すことであったし、同時に祖国を——何よりも王にとって重大である祖国をキタイの属国に売り渡すことでもあった。俺にとっては、それは何よりも悪い——お前が、ヤンダルの術によって憑依され、傀儡となっているのであったほうがましなくらいだ。お前がみずからの意志により、力をもちたさにこの邪悪な力に身を売り渡して、おのれの祖国を死びとたちの魔界の宮廷に変貌させてしまったのだと思うと、俺は恐ろしさに身震いする思いだ」

「感傷的なことを」

レムスは嘲笑った。

「だから、これまたさっきからいっているでしょうに。それは、力あるものの感傷にすぎないし、それは力を持たなくて、そして持つようになったものにとっては何の意味もない感傷ですよ、とね。さあ、王妃様のご出座だ。……彼女も、運良く生き延びることになりましたね、その意味ではね。ぼくはもう彼女がこうしてにこやかに宴席についたりできる日はこないとばかり絶望していたのですよ。……おそらくは、あのおそるべきぼくの王太子の餌として食われてしまうものだとばかりね。そうなるかわりに——これは、ぼくがたぶん変わったことで、ヤンダルが、パロへのかかわりかたを微妙にかえてきたことと関係があるのでしょうが、彼女もまたにこやかで美しいパロ王妃としての幸福な日々を取り戻した、しかも可愛い愛する子供とともに。——これはまことに、ぼくたち夫婦にとっては願ってもないことでしたね。これでまた、ぼくたちは永久に——文字どおり永久に、幸福な日々を、この世のはてるまでともにすることができる。——少なくとも、ぼくがそうありたいと望んでいるかぎりはね」

「……」

「そんな人形のような妻など、またその愛になど何の価値があるのか——と、そうあなたならおっしゃるでしょうね、英雄のグイン！　でもぼくたち、英雄でもなんでもないものたちにとっては、これは福音そのものでしたよ。我々はそれによって幸福と愛を取り戻したのですからね。たとえあなたが何とおっしゃろうと。——おお、やってきた。さあ、会ってやって下さい。たしかあなたはあの遠い日のアグラーヤ、いまはまるで何百年も昔のことのように思われる、レントの海をのりきってかろうじてたどりついたアグラーヤで妻に会っておられるのでしたね。あのときに比べてずいぶんかわったと思われるかもしれないが、それだって、この前リンダが——いや、このしばらくにくらべれば……おお、アルミナ」

レムスは、ことばを突然途中で切って、にっこりと笑いながら手をさしのべ、バルコニーから階段をおりてわざわざ王妃を出迎えにいった。そうしながら、かるく右手をあげて合図したが、それは「楽しめ！」というような合図であったらしく、石像と化したままとまっていた人々はまた、ゆらゆらとうごめきはじめ、室内には、さっきほど大きくはないが充分に異様な、わざとらしい団欒のざわめきがたかまりはじめていた。

そのなかを横切って、レムスはグインについてくるようにうながした。グインはやむなく階段をおりていった。人混みがふたつに割れた。

「パロ国王レムス陛下の王妃、アルミナ陛下のおなり」

レムスが、からかうように云った。そこに、ふたりの人間が立っていた。

4

グインは、いくぶん、トパーズ色の目をほそめ、注意深く観察した。そこに、人混みがまるで人間でできた壁ででもあるかのように、それを背にして立っているのは、小柄な、かわいらしい、ほっそりとした、はちみつ色の髪の毛を頭の上にたかだかと結い上げてさらに背中に垂らし、きれいなバラ色のドレスをまとって、その上から錦織りの長い袖無しベストをかけた、少女のようなすがたであった。着ているものが妙にひどく大仰で、時代がかっている感じがする、ということがなかったら、充分に可愛らしく、それにほほえましいすがたに見えたかもしれなかった。そのあまりに時代がかった大仰な服装は、いかにも当世風な少女の顔立ちには似合わなかったが、ほほはふっくらとし、あどけない瞳がくるくるとして、充分に健康そうで可愛らしい少女であった。まだ、二十歳になるならずというところだっただろう。

「アルミナ。グイン陛下だよ、御挨拶しなさい」

「ほう……」

レムスが云った。それはさきほど、群衆にむかって「踊れ！」といった声と、いくらもかわらぬものであった。いくぶん和んではいたかもしれないが、同じように横柄で、そして明らかに人間にたいする敬意を欠いたものであった。

少女はにっこりと笑った。バラ色のほほにかわいらしいえくぼがうかび、そして彼女は深々と、スカートのすそをつまんでかろやかにおじぎをした。はちみつ色の髪の毛がゆらゆらと揺れた。彼女はぐるりと頭の上に結い上げた髪の毛の団子のまわりに、真紅の宝玉をつらねたきれいな宝冠をつけていて、その上から残った髪の毛が背中に垂れさがり、その上にかわいいバラ色のレースをつけていた。

「ようこそ、クリスタルへお越し下さいました、ケイロニア王グイン陛下」

まるで、誰かに、何をしゃべったらよいのか遠隔操作でふきこまれてでもいるかのように、彼女はあどけない、だが機械的な声でいった。そして、もう一度丁重にお辞儀をした。

「パロ王レムスの王妃、アルミナでございます。グイン陛下にはご機嫌うるわしく、およろこび申し上げます。はるばるとのおいで、さぞかしお疲れでございましょう。どうぞ、ごゆっくりおくつろぎ下さいまし」

まるで精巧な機械じかけの人形そのもののような声でいうと、アルミナはにっこり笑いながらちょっとうしろにひきさがった。きわめてよくできた巨大な口をきくからくり人形そのもののようであった。レムスはぶきみな微笑をたたえて、いどむようにグインを見つめた。

「そしてこれが――」

レムスの声が奇妙な、なんともいえぬほど奇妙な響きを帯びた。

「これがぼくの愛しい――いずれはパロに暗黒王朝のいしずえを築くことを運命づけられた王太子、ぼくの愛しい王子アモンです。お見知り置きを」

「……………」

グインは、するどく息を吸い込んだ。

レムスはそのグインを横目で見た。さしものものに動じない彼を、そのように動揺させることができたのが、おおいに満足のようにも見受けられた。

アルミナのうしろに隠れるように立っていて――そして、アルミナと入れ替わるようにして、すいと前にあらわれたのは、なんともいえぬ――おそろしく不思議な生物であった。

といったところで、すがたかたちが異形だったのではない。かつて、リンダがアルミナの産褥で見せられて失神した、あのぶきみなかたちのない怪物はどこにもいなかった。

そこに立っているのは、すでに完璧な、優美でさえある人間のかたちをそなえた小公子――アルミナの腰くらいまでしか背たけのない、きれいな、ほっそりと小さい人間の子供にすぎなかった。それでいて、それは、グインのいまだかつて見たどんな存在、どんないまわしい怪物よりも、もっともはっきりと《怪物》然とし、《怪物》であることが明らかであった！

それは、ふしぎな色あいの銀色の髪の毛をきれいにおかっぱにそろえ、額の上できれいに一列に切りそろえていた。そして、肌はそれこそアルミナよりもずっときれいなミルク色をおびたバラ色だったし、ちんまりととがった唇は美しい血の色の透けるサンゴ色だった。とがった耳、ほっそりした指さきにはよくみがかれたバラ色のサンゴのような爪が輝き、すんなりとのびた首すじに銀色の髪の毛がゆらゆらと揺れている。まとっているのはパロのこれまたやや大時代な感じのする正式の王子の衣装で、このふしぎな、だが絵のような美少年にはとてもよく似合ってみえた。少なくともほかのものたちが大仰で古ぼけた衣装を着せられているような滑稽味はどこにもなかった。

だが――

その目は……

グインは、ひと目みるなり、まるで吸い寄せられたようにその怪物の目から目をはなすことができなかった。顔のほかの部分は申し分なく美しかった――かの、血筋でいえばその義理の伯父にあたるはずのもとのクリスタル大公、中原一の美貌の夫妻とうたわれたクリスタル公アルド・ナリス、いまは反逆のパロ聖王国国王たるアルド・ナリスをさえ彷彿とさせるほどに、整って美しい——だが、ナリスにはなかったおそろしいほどに酷薄なかげりがすでに傲慢なまでの怜悧さを刻んではいるものの、それをも欠点とは感じさせぬくらい美しい顔だちだった。鼻筋もひいでた額のかたちも、唇の愛らしさもすべて完璧であった。

そして、むろんおそらくは目も——いや、だが、しかし——

グインは吸い寄せられたようにひたすら茫然となってこのあやしい王太子を見つめていた。この少年の目ほど、おどろくべきものはこれまでのこの魔の宮廷のさすらいにさえ、一度も見たことはなかっただろう。それは、二つの——顔の上部をたまたま定位置にしているふたつのぶきみな大宇宙であった！　いや、それとも、そこに存在している二つの銀色の光の渦、といってもよかったかもしれぬ。その双眸は、一瞬にして深い黒い空洞から渦巻く銀色のほとばしる光に色あいをかえたかと思うと、次にはまた、まっすぐにこちらをつらぬきとおすような真紅の光の線となり、いっときも安定していなかった。それを見始めたらさいご、もうただひたすら茫然と見入ってしまうほかはなかった——グインはやっと危険に気づいて強引にその目から、視線をひきはがそうとした。グインでさえ、そうするには非常な意志の力を必要としなくてはならなかった。

「アモン」

艶のない声でレムスがいった。

「失礼をするな。ケイロニアの国王、グイン陛下であらせられるぞ。パロの王太子として恥ずかしくないよう御挨拶をするのだ」

「失礼いたしました」

完璧なアクセントと美しい声で、怪物はいった。そして、次の瞬間、その目はふいと閉ざされた――まるで、光のかたまりをしまった壺に蓋がなされたかのようだった。すべては消え失せた。目をとじたアモン王子は、ただの美しい、信じがたいほどに美しい容姿をもった幼い少年にしかすぎなかった。つややかな銀色のおかっぱの髪が、そのとじたまぶたの上にふさふさとおおいかぶさる。

「アルミナ」

するどくレムスが命じた。するとアルミナは進み出て、いつのまにか手にしていた黒びろうどの布を、少年の目の上にまきつけ、うしろで縛って目隠しをしてしまった。

「さあ、グイン陛下に御挨拶をするのだ。父上の旧友であらせられるのだぞ」

「はい、父上」

人形のような声でアモンはいった。そして、黒い布で目隠しをされたまま、丁寧に申し分ない礼儀作法でもって、非常に優美にお辞儀をした。はっきりいって、機械的なアルミナ王妃のお辞儀よりもずっと優雅なくらいだった。

「ケイロニア王グイン陛下、ようこそクリスタル・パレスへおこし下さいました。パロ国王レムス一世の長男、アモン王子と申します。いまだいたって若輩の身ではございますが、爾後、何卒お見知り置き下さいますよう」

完璧なお行儀で少年はいった。どうみてもまだ五、六歳としか見えぬ少年だったが、そのことばの使いこなしも、身のこなしも、すでに成熟した大人のものとしか思えないような落ち着きと、ぶきみなほどの完璧さをそなえていた。グインの《怪物》の思いは強まるばかりだった。だが、グインはそのような思いは顔つきには出そうともしなかった。

「これは御丁寧な御挨拶いたみいる、アモン王太子殿下」

そんな幼い少年にではなく、ちゃんと成人した王族にいわれたように、非常に丁重にグインは挨拶をかえした。

「お初にお目にかかる。ケイロニア皇帝アキレウス・ケイロニウスの女婿にして、ケイロニア王を拝命するグインと申すもの。こちらこそ、今後ともよしなに願いたい」

「光栄であります、グイン陛下」

「レムス陛下も聡明なる王太子をもたれてさぞかしご安心のことと思う」

グインはあいてが目隠しをしたのでようやく多少ほっと息をついて、じっと少年を見つめながら云った。

「アモンどのは、お幾歳になられる？」

「年、年齢ですか」

アモンはくすりと笑った——というよりも、唇の端をわずかにゆがめるようにして皮肉な微笑をもらした、といったほうが正しかったかもしれぬ。大人がしたらそうだっただろうが、天使のような少年の相貌にうかぶので、一見は無邪気な笑いに見えるのだった。

「私が生まれてから、どのくらいたったのでしょうか？」

アモンはアルミナを振り返った。アルミナは、にっこりとうつろな微笑をうかべたまま、きれいなバラ色とミルク色の飾り人形のようにそこにさっきと同じポーズで立っていたが、アモンのその目かくしをした顔がふりかえるなり、はっと尋常でない怯えようをみせて身をかたくした。が、アモンの目かくしの下から何か銀色の光のようなものがほとばしったとき、そのアルミナのおもてにまたうつろな微笑が浮かんだ。そして何も答えなかった。

「アモンは、生まれてちょうどこれでふた月目だと思いますよ」

なんともいえぬほど奇妙な笑いをうかべながら、レムスが云った。そして、グインがびくりと身をかたくするのを楽しむようすだった。

「そう、確かちょうど、アモンがうぶ声をあげたのはあの嵐の激しかった夜であったと思うから。……そして、そのあと、ひと月ほどのあいだ、アモンはすがたかたちというものがなかったのですが……それから、だんだんにあちこちからひろいあつめてきたと見えて、肉体が出来上がってきました。最終的に人間の赤ん坊の形態をなしたのがひと月前くらいかな。そのあとは、だいたい三、四日で一年分くらいの割合で大きくなりましたので……あとものの一年もすれば、立派に成人していると思いますが。いや、半年で充分だろうか」

「それはまた」

おだやかにグインがいった。

「たいそう、成長が早くて頼もしい王子であられることだな」

「そう、それに知能のほうも、知識のほうも」

レムスはぶきみな——だが奇妙に絶望的でもある微笑をうかべて、まるで泣き出しそうな顔で一瞬グインを見た。

「この子は実に不思議な特技を持っておりましてね。……何か必要があるときには、その必要な知識や技術をもった人間を連れてこさせるのです。そして」

「父上」

おだやかな、だがはっきりと威嚇的な声でアモンが云った。

レムスは口をつぐみ、そしていくぶんおどおどした目でグインとアモンを見比べた。

グインはレムスには一瞥もくれず、ひたすらアモンを注視していた。アモンが「父上」

といったとき、確かに、その黒びろうどの布の分厚い目かくしをつらぬいて、二筋の銀色の光が、その目の位置からきらめいたのを、はっきりと見たのだった。

「ケイロニアはどのようなところなのですか」

アモンが云った。どう考えてもそれは見かけどおりの五、六歳の少年のものの言い方でもなければ、声でもなかった。それは完全に知性で統御され、それなりの経験をつんだ大人の声であった。

「ぜひとも一度、おうかがいすることをお許し願いたいと思います。最終的にはキタイへいってみたいのですが、それまでに中原について多くのことを、実に多くのことを知らなくてはなりません。この宮廷ではもう、僕にものを教えてくれることのできるような人間はほとんどいないのです。僕は、いっそのこと、カレニアの政府におもむいて、あちらのかたたちとお近づきになってみたいと思っているところです。あちらのかたたちなら、まだ、ここにいるようなこのあまりに退屈なでくのぼうたちよりはいろいろなことを僕に教えてくれることができそうですから」

「アモン」

レムスが云った。その声はこんどは明瞭に、哀願の調子を帯びていた。

「はい、父上？」

それに、アモンはいくぶん揶揄の響きを帯びたいらえをかえした。レムスは手をふった。

「もう、母上を連れて王妃宮に戻っていなさい。父はケイロニア王陛下とこれから密談があるのだ」

「もう、御用はありませんか」

アモンはまた、皮肉そうに丁重にたずねた。それから、ていねいに膝を折って、王族が他国の王や賓客にたいする正式の礼をすると、目かくしをされたままにっこりとほほえみかけた。

「おそばにいるだけでも、これまで感じたことのないおおいなる力を感じるおかただ」

アモンはとうてい少年とも思えぬ明瞭な口調でいった。

「いずれまた、邪魔の入らないところで。貴方はおそらくもっと僕に興味をもって下さることでしょう？　違いますか？」

「ああ……たぶん」

グインは答えた。それをきくとアモンはにっこりと微笑んだ——目を隠したままのその状態だと、確かに、うっとりするくらい美しい少年だったし、その微笑も申し分なく可愛らしかった。幼いころのレムスの容姿にナリスの怜悧さと鋭角さを加え、そしてアルミナの文句なしの愛くるしさを上塗りしたような、そんなみごとな容姿であった。そのままアモンは身をおこすと、目かくしをしたまま、まったく何の痛痒もないようすですたすたと歩いて人混みをよけながら奥に入っていった。アルミナがまるで機械仕掛けのぜんまい人形のようにぎこちない動作でそのあとに続いてゆくのを、グインはじっと見送っていた。

「……ああ」

アモンとアルミナのすがたが消え失せると、レムスは、明らかにひどくほっとしたようすに見えた。彼は額の汗をそっと黒いトーガの袖でぬぐい、またしても酒をつかんでひと息に飲み干した。このひと幕が演じられているあいだじゅう、そのうしろでは、まるでどうでもいいから好きなことをしていろと命じられたその他大勢の役者さながらに、ぶきみな命ある石像たちはうろうろとうごめき、意味もなく笑いさざめき、そしてゆらゆらとゆらめいていたのである。

「こちらにゆきましょう、グイン。ぼくももうこの連中はたくさんだ」

レムスはつぶやいた。そして、そうさせたまま、かれらを置き去りにして、奥の室へ入るようグインをうながした。

「ちょっと、休みましょう、グイン。ぼくもなんだかどっと疲れてしまった」

レムスはいって、バルコニーのうしろ側の扉から中に入り、うす暗い、入ってきたときと同じような回廊の続いている廊下に入って、その右側の一番手前の室のドアをあけた。そこはごくひっそりとした、かなり広い設備のいい客室であった。レムスはそこの皮張りの大きなディヴァンにぐったりと身を投げ出した。

「失礼、ひどく疲れてしまった。――ぼくは、あの……そのう、あの王子に会うといつも……その……」

「お前は――」

グインは、奇妙なあわれみにかげった声で云った。

「お前は、これでいいのか？　これが本当にお前の望んだものだったのか？　お前はこれで本当に幸せなのか？」

「え…………？」

レムスは瞬間、虚をつかれたように、うつろな顔で宙を見据えた。

まるで、そのようすは、グインにそういわれたのではなく、どこかからきこえてくる声にそう、運命のことばをささやかれた、とでもいうかのようだった。それから、レムスはゆっくりとおもてをあげた。

「なぜ、そんなことをお聞きになるんです」

いかにも、ばかばかしい、返事をするさえばかげている、といいたげに、レムスは手をふった。

「おい。誰か、酒をもってこい。酒だ」

すぐに扉が開いて、からくり人形のような小姓たちが酒の盆を捧げてくる。レムスはその杯を取り上げて飢えたように飲んだ。

「もちろん、ぼくは幸せですとも。これが完璧にぼくの望んだもので――」

「俺の仄聞した限りでは、あのアルミナ王妃はかつてたいへん生き生きした可愛らしいアグラーヤの王女であり、そしてその王女が嫁入ってきてからというもの、レムス王はそこに唯一の幸福を見いだしたかのように、その家庭の幸福に溺れていたときいていたぞ。俺の間諜の情報に間違いがあったためしはないのだが」

「ええ、ええ、幸せでしたよ」

レムスはうめくようにいった。そして、ゆっくりと手をあげて顔をおおった。

「申し分なく幸せでしたとも。いまにして思えば――ぼくたちは、悲しいほどに幸せでしたよ、いっさいほかのものに目を向けないようにして。……それを本当の幸せといっていいのだったらぼくたちは幸せだった、本当につかのまだけね。ぼくは――宮廷じゅうからばかにされ、嫌われ、行き場のない王であったぼくは彼女の上につかのまの平安と逃げ場を見いだしたし……彼女は……」

「………」

「彼女は、嫁いできてすぐに、ぼくと同じ苦しみを――自分よりすぐれたものがすぐかたわらにいて、ひっきりなしに比べられ、必ず敗北するという苦しみを知るはめになってしまったのです。これについては本当にぼくは申し訳ないと思っている」

「それはどういうことだ？」

「リンダ」

レムスは低く云った。

「アルミナはいつも幸せそうでたわいもなく笑っていて……ぼくの前ではいつも、決してくらい顔も、辛そうな顔もみせなかったが……しかし、あなたにはわからないでしょうが、グイン──きっとケイロニアの宮廷はそんなことはないんでしょうからね。底意地の悪い女官たちなんてものも、さらに意地の悪い貴族女、姫君の群れなんてものも──女よりもっと意地のわるい貴族どもも……」

「……」

「アルミナはずっとぼくと一緒にだけいられたらどんなにか幸せだろうとときたま云いました。それがどういう意味をもっているのか、ぼくはずっと知らなかった。──アルミナの本当の苦しみをぼくに知らせてくれたのも結局ヤンダルだった。……アルミナは傷ついていた。あんなに無邪気で無垢で──アグラーヤでは、可愛いらしい一番上の姫として国民全部に愛され、父にも母にも妹たちにも慕われ大事にされていた。だからすくすくと育って何の苦しみも知らずにきたのに、パロにくるなり──彼女はいきなり、底意地の悪い貴族どものまっただなかに投げ込まれたんです。それも最初のうちは母上がご一緒だったから──聡明でしとやかで世慣れたアグラーヤ王妃がね。でもその母上もご帰国になり、アルミナはこのいやらしい宮廷でたったひとりぼっちになってしまった。彼女はそれでもぼくを支えることで健気に頑張ろうとしていた。その彼女に、みんなよってたかって、リンダさまに比べるとなんて美人じゃないんだろうとか、ごく平凡な容貌だとか……性格的にも王女というには庶民的すぎるとか、ああだとか、こうだとか――よりにもよってリンダが結婚した相手はあのナリスだった。美しくて気品あふれて、何でも出来て聡明で上品で……まことに素晴らしい一対だったんでしょうよ。だが、かれらはかれら、ぼくらはぼくらじゃないですか？　それまでいつも宮廷のやつらはまるでハイエナ《コーイー》のように、ぼくのアラを探しまくってぼくを苛めようとしていた。ぼくが反撃するのも、いたけだかになるのも、なんとかして勉強してかれらの尊敬を得ようとするのもむなしかった。反撃すれば残虐だといわれ、いたけだかになれば傲慢だといわれ、尊敬を得ようとする努力をこっけいだと評された。ぼくは本当に彼女にすまないと思っているんですよ……彼女はぼくのそんな苦境を救ってくれようとして、気がついたらどっぷりと頭の上までその苦境に一緒にはまっていた。こんどはぼくだけじゃなく、ぼくたち夫婦が一緒になって、あのいやらしいトルクどもの目にさらされていたんです。そしてナリスとリンダに比べてああだの、こうだの」

　レムスは苦しそうにまた手をのばして酒をあおった。いくら飲んでも、まったく酔いをもたらすということはないかのようだった。

「ぼくは、またリンダさまに比べてなんだかんだいわれていたわ、といってくやしがって泣いているアルミナに、その肩を抱いてこういってやったことがありますよ。我慢するんだ、いまにもっと力をもったらこの宮廷じゅうのばかどもを全員——あのときには、皆殺しにしてやるから、といったな。でもじっさいには、皆殺しではなく、やつらは全員ただの石像になっちゃった。そのほうがどんなにか小気味よかったかわからない」

レムスはようやく多少の元気を取り戻してきたようにくすくす笑った。

「でも残念だったのはその楽しみをアルミナとともにはできなかったことですね。でもしかたない。アルミナは……ぼくの、というか……そのう、——あの怪物をはらんだことで、ちょっと……アルミナには負担が大きすぎたんです。あのときには……アルミナを抱いていたのは、ぼくじゃなく——ぼくのからだを使った……」

レムスは口をつぐんだ。グインは黙って思慮深い目でじっとレムスを見つめていた。

第二話　迷　宮

「そのう——つまり……アルミナを抱いていたのはぼくじゃなく、ぼくのからだを借りたヤンダルだったんだ」

レムスは、また酒をあおるなり、その勢いをかりるかのように激しく云った。

「そして、その体験が……そのう、ごくふつうの、というかごくおとなしい……ぼくとの、そのう——ひめごとしか知らなかったアルミナにはちょっとばかり、刺激が強烈すぎたんだと思います。アルミナは気が狂ってしまった。だけど、ぼくは……そのときにはたぶんもうぼくも狂っていたんだろうな、あまり気にならなかった。いまもそれほどなってるわけじゃない。だってぼくはこうして力を手に入れたんだし——その力によって、アルミナをああして……元通りの可愛いアルミナにすることもできたわけでしょう」

「あれが、お前の望む一生の伴侶のすがたなのか？　本当に？」

しずかにグインはたずねた。レムスは、力を得たように反抗的に口をとがらせた。

「それ以上どうしろっていうんです？　ほかに道はなかったんですよ。すべてか無か、そのはざまに立たされたとき、あなたならどうするんです、グイン？」

「俺か」

グインはじっと考えた。

「そうだな。――俺ならたぶん、すべてか無かという選択を強いるような環境そのものと戦ってそれをうち破ろうとするのだろうな」

「だからね！」

怒ったようにレムスはいった。

「だからね、それはあなたが英雄だからだ。だけどぼくは英雄じゃない。ヤンダルがいなかったら、ヤンダルが助けてくれなかったらいまでもぼくはなさけない駄目王としてみなにこけにされながら、王の居間で泣きべそをかいてアルミナの膝の上で慰めてもらってるだけのことですよ！――そう、それに、アルミナは……ぼくが本当はリンダを崇拝し、リンダに憧れているだろうとたえず疑っていました。むろんまさか、ぼくがリンダにたいして恋心を抱いているかもしれないとまでは思っていなかったけれども、リンダに対するぼくの崇拝は健全な姉への情をこえている、といってぼくを責めるんです。

それが、ぼくとアルミナの短い、幼いけれど幸福な生活のなかで最大の喧嘩の原因でした。ことに正式の式典などがあってリンダと一緒になる機会があったあとには、アルミナは必ずぼくがリンダのほうを美しいと思い、アルミナにリンダのようであってほしいと——容姿だけじゃなく、やることなすことでも——望んでいるんだ、だけど自分はアグラーヤの田舎者でとてもそうはできないのだ、といってぼくに怒ったり泣いたりしたものです。ぼくがそんなことはない、姉と同じようでないからこそアルミナがぼくをこんなに安らがせてくれたのじゃないかといくらいっても、そうするとそれは、『私がそんなにリンダさまにくらべて劣るというの』という怒りになってかえってきた。……なまじ、アグラーヤでそういう暗い、負の思いのようなものをまったく持ったこともなかっただけに、それはアルミナがパロにきて突然かかったはやり病いのようなものだったんです。いや、パロの風土病のような、といったほうがあたっているのかな。猜疑心と嫉妬と不満と怒り」

「………」

「だからぼくとアルミナはおもてむきみながそう思っていたほどうまくいってたわけじゃなかった。だけどたいていの夫婦なんて裏にまわればそんなものだし、そのことはもうあなただってきっとわかったでしょう、グイン？　そうじゃないんですか……それに、だからといってうまくいってなかったってわけでもないし……それに、結局のところ、アルミナは——さいごにはぼくも、本来何ひとつかげりもなく幸福であるべきぼくたちの生活にすべての不幸をもたらしているのは、すべからくこれ、クリスタル大公夫妻のせいなのである、とつよく感じるようになっていましたからね。——かれらが目障りでしかたなく——いなくなってくれればいいと強く念じるようになっていた。どのようなかたちであれ、とにかくあの目の上のたんこぶのようなお美しい二人がいなくなってくれさえすればぼくたちはもとどおり幸福であれる、申し分なく幸福であれるのだと」

レムスは妙に敏感そうにちょっと自分のやせた肩を抱いて身震いした。

「まさかそのときには……自分たちの子供があんなものになろうとは思ってもいませんでしたしね。……あの二人さえいなくなれば、ぼくたちはパロの素晴らしい最高権力者夫妻として幸福と尊敬と自信をとりもどせる、すべてはあの二人がぼくたちから、当然ぼくたちのものであるべきそれを持ち去ってしまったことに由来するのだと……そう思っていました。これは本当にね。それがカル＝モルがぼくの頭にしのびこませた思考なのか、それともヤンダルがぼくに、カル＝モルを通じてしだいにぼくの脳に影響力を持ち始めるために、辛抱強くぼくに植え付けた思考なのか、それはぼくにはわからない。もともとぼくのなかになかった考えだというわけじゃないし——アルミナだって……」

「ひとをそねむ心、というものは……」

ふっと溜息をついてグインはいった。

「もっともよく、悪霊をはらむ土壌となる、ということか。……それをお前たちはおそらくヤンダルにつけこまれ――」

「おそらく、そうなのでしょうね。で、その結果があのおそるべきアモン――王太子様だった。もうこれは正直にいいますよ。ぼくは、あの子供――子供のすがたをした怪物、何百年も生きてきたかのような物腰をした生まれて二ヶ月の怪物が恐ろしくて、恐ろしくて、たまらない。アルミナもたぶんああして石像のようにとじこめられた心のなかで、あの子をひどくおそれているんだと思う。それは、あの子をみるアルミナの目つき――むろんあのとおりの機械人形のような目なんだけれども、その底にある悲鳴のようなものでぼくにはよくわかる気がする。あの子はたぶんいつか、もう必要でないと思ったときぼくをも――そしてアルミナをも食い殺すのだろうな。それもいちばんおそるべきやりかたで」

レムスはまたちょっとぶるっと身をふるわせた。

「まあ、それも――それもひとつの運命かもしれませんが。それも、ぼくが選んだことかもしれないのですから」

「俺にわからぬのは、レムス」

グインは奇妙な困惑した表情で云った。

「こうして話していればこれほどまともでもあれば、まったく人間としての感覚をも感受性をも考えかたをも失っていないお前が、どうして、そんなにもたやすくヤンダルの侵入を許し——それに身も心も憑依させることをゆるしたかということだ。——お前の中に巣くっていた呪詛とそねみとはそんなにも大きかったのか。お前のそのすべての判断力をさえ停止させてしまうほどに。いや、それならばまだいい。お前は、それが危険なことだと知りながらヤンダルを受け入れ、自らが力を得るためにヤンダルに協力することをがえんじたというのか」

「最初のうちは、もっと完全にぼくはカル＝モルに支配されていたんだと思いますよ」

レムスは慎重にいった。

「なんだか、そのへんのことは長い長い悪い夢をみているような感じで、ところどころしか覚えていないんです。でもたいてい、覚えてるのはイヤなことばかりだ。宮廷の連中にばかにされ、いじめられて辛い思いをして泣いていたり——ひとりで索漠の念をかみしめていたり——狂ったような怒りにとらわれていたり。それ以外のときに自分が何をしていたのかはよくわからない。それから、さらにはっきりと、長時間意識のなくなる状態が続き——そして、ヤンダルがあらわれたんです。ある夜、ぼくの脳のなかにあらわれて、（レムスよ）って話しかけてきたんです。……そのときから、ぼくはたぶん少し目がさめたような気がする」

「ふむ……」

「それでも、まだ、いろいろと意識や記憶がうすれているときがあった——アルミナとの二人でいるときにも、ふっと意識がとぎれ、気がついたら執務室で執務についているときがあったりして、そのあいだにいったい何がおこったのかはぼくにはよくわからぬままだったりした。だけどそのころは、そんなことも特におかしいとは思わなかった。——だが、ヤンダルがぼくの脳やからだを使うことがたびかさなり……おそらく、そのためにヤンダルのほうももっとその必要に応じた能力や知識をぼくのからだや脳がもつことが必要だったのじゃないかな。ぼくはあるとき、目がさめた——というか意識が戻ったとき、自分が、身につけた覚えのない空中歩行の術を身につけているのを知りました。それが手はじめだった——読んだ覚えのない本の内容をすべてくまなく知っていたり、かつては持つことのできなかったつよい人格や決断力や残酷さをおのれの中に感じたり——それがヤンダルのくれたもの、あるいはヤンダルがぼくを使うことでぼくのなかに残されるものなのだと知ったときから、ぼくはこれもまんざらでもないぞ、と——こうやってぼくは力を得ることができるんだと考えるようになったのです」

「それで、ヤンダルが、だんだんこの人形が扱いにくくなると文句をいっていたのだな」

ひくくグインはつぶやいた。が、レムスにきこえるほどではなかった。

「ともかく俺にいえるのは、少しばかりの力を得るためにお前は大変なとりかえしのつかぬ間違いをしているのだと思うぞ、ということだけだ。それがいつかお前にわかったときに、お前がそこからどうやって抜け出せるかを見いだせるよう、俺としては祈りたい気分だな」

「それは、ご親切にどうも、グイン」

というのが、皮肉そうなレムスのいらえであった。

「それはそうと、王妃にも王太子にも会っていただいたし、貴方のお目当ての賓客にそろそろお目にかかりたいのじゃないですか？　あなたはそのためにここへいらしたんでしょう？」

「……………」

グインはゆっくりとトパーズ色の目をあげて、レムスを見つめた。

「そのとおりだ」

「どのようなかたちでの対面になってもかまいませんね？　いや、むろん、べつだんどうというおかしなたくらみをしているわけではないけれど」

「……………」

「ともかくこちらにおいでなさい、グイン。貴方の魔界の遍路歴程はいまはじまったばかりなんだし――キタイでも、さぞかしいろいろなところへ入っていって、そして出てこられたのでしょうね？　だからこそ、どこへいっても自分ならば大丈夫だと自信を持ってておられるのでしょう。そう、何回もいうとおりぼくだって別にいまの段階でケイロニア王に無理無体に危害を加えることでケイロニア全国民を敵にまわすのは得策だと思わない。さあ、おいでなさい。このドアを入ってゆけば、また一段、変貌をとげたクリスタルが見られる。……ぼくとしては、この変貌はけっこう気にいっているんですがね。もう、この都はあんまりこれまで長いあいだ、ありきたりな凡庸な芸術や文化の都、という評判に甘んじすぎてきましたよ。それに本当は、ユラニアが〈闇の司祭〉グラチウスにかげからあやつられていたのを覚えておいででしょう？　忘れようといっても忘れられるわけがない、ユラニアをその呪縛から解き放ったのは貴方なのだから、グイン。だからね、古い国というものは——古ければ古いほど、そうやってあらぬ陰謀や悪霊にとりつかれやすいものですよ。もっともユラニアは、せっかくグラチウスの黒魔道の呪縛から逃れるやいなや、こんどはゴーラの僭王イシュトヴァーンという、まったく別のかたちのまがまがしい呪詛にとりつかれてしまったようだけれど。……そう考えると、本当に、国家にとっても人間にとっても運命というものは、何が正しく、何が正しくないかなど、いちがいにも何も云えたものじゃあないですね。そうは思いませんか。……さあ、こちらへお入り下さい」

喋りながらレムスは重々しいしぐさで、室の奥のタペストリにふれてそれをくるくると勝手にまきあがらせ、そのうしろにあらわれてきた黒い扉のまんなかに手をふれた。

ぽかりと扉が開き、そこに大宇宙の深淵を思わせる暗闇があらわれた。

「ここにお入りになる勇気はおありでしょうね、むろん――それも、悪霊にとりつかれ、キタイの竜王の傀儡とされているパロ王と二人だけで。……おお、さすが勇士だ」

そのさいごのことばは、グインが返事をするかわりに、立ち上がってためらわずその闇のなかに足を注意深く踏み入れたことにむけられたのだった。

だが、グインはそのレムスのことばになど、耳をかすようすもなく、ただ慎重に、一見は無造作にではあったがじっさいにはきわめてまわりのようすに注意しながらその暗がりに踏み込み、五感のすべてを動員してその奥にあるものを探ろうとしていた。

そこは漆黒の闇であった――目も鼻も口も耳もすべてふさがれたかと思うような闇がそこに突然ひろがっている。それはいやが上にもこの伝統ある都がすでにその地下のほうから、こうしてあやしい闇に侵食されはじめてきたのか、という実感をおこさせた。

グインはじっとそこに立っていた。足もとには、固い床か地面があるのは確実であったが、それがどこまでどうひろがっているのかも、またどこへどう続いているのかもわからなかった。グインが立ち止まっていると、ふわりと衣擦れの音がして、レムスが長いマントをひるがえして中に入ってきたようだった。レムスが指を鳴らしたらしいぱちりという音がすると、ぶきみな、上半身が牛のような、小柄な怪物が手に手燭をうやうやしくかかげてあらわれた。

「ラゴール。ケイロニアの豹頭王陛下のお供をするんだ」

レムスは命じた。牛頭人身の怪物はうやうやしく頭をさげるような動作をし、そして先に立って歩き出した。

その怪物ラゴールの捧げている手燭のあかりのもたらす効果は、星ひとつ見えぬ漆黒の闇のなかであるだけに絶大なものがあった。そのあかりに照らし出されたのは、奇妙なことに、ひどく、(すでにここは通ったことがある……)という感じをおこさせる、円柱が林立し、その両側に歴代の国王や英雄や美姫らしい歴史上の人物とおぼしい人々の肖像画や、壁龕のなかにおさめられた彫像が並んでいる天井の高い回廊であった。グインは奇妙な目をあたりにむけていたが、ふいに気づいた。そこはどう考えても、さきほど通ってきた——あのぶきみな沈黙の、偽りの仮面舞踏会の広間に入るために通ってきた回廊とまったく同じ場所であった!

だが、ここがその回廊に戻ったのでないことはきわめてはっきりしていた。グインたちは、回廊を通り、仮面舞踏会の広間を通り抜けてバルコニーに出、そしてそのうしろの扉をあけて客間らしきところに入って、そしてさらにそこの扉をあけてこの闇のなかに入ってきたのだ。どれほどどうこの宮廷が迷路のような作りになっていようとも、さきほど歩いて通り抜けたばかりのところへ、これだけ歩いて戻ることはできないはずだった。

「そう」

レムスはからかうように云った。彼は、どうやら、例の魔道師の空中歩行の術で、いくぶん宙に浮かび上がったまま動いているようだった。

「ここは、いうなれば、あの回廊の《影の回廊》というわけです。この下にはもうひとつ同じ回廊があり、その下にももうひとつ同じ回廊がある。……そこに迷い込んだらもう出られない。それはぼくでさえ、出ることがかなわないかもしれない。下にゆけばゆくほど、影が影である率が高くなり、ほんものの回廊に戻ることは出来にくくなる。……どうしてそんなふうになっているのかといえば、この宮廷全体が、入れ子の箱のようになってしまっているからです。クリスタル・パレスの真下にもうひとつ影のクリスタル・パレスがひろがり、その真下にさらにもうひとつクリスタル・パレスがひろがっている。そのどこでも、人々がうつろな笑いをうかべながらいつわりの饗宴をくりひろげている！　すごい眺めだとは思いませんか。……少なくともぼくは、ヤンダル・ゾッグがおのれが扱いやすいようにと作り上げたこの奇妙な黒魔道の宮殿が、前のあの偽りと虚飾に満ちた、はなやかだが何ひとつないクリスタル・パレスよりもずっと気にいっていますよ！——もう、あの宮殿の命運は尽きていたのです。そもそも、ぼくの父と、ナリスの父とが骨肉の醜い争いをくりひろげ、それが偽りと妥協と欺瞞とによって解決した、あの瞬間からね。もう、パロは終わっていたのだ。これからは暗黒帝国パロス王朝がはじまる。ワクワクしませんか、グイン」

「俺は何もせぬ」

グインはぶっきらぼうに答えた。

「俺は以前のクリスタル・パレスにも、パロの国にもきたこともないし、知ってもおらぬ。友がそこにいるとも——リンダ以外は思わぬし、それゆえ、それがどのような運命をたどるともべつだんそれはその国の運命だという、それだけのことだ」

「相変わらず情のこわい人だ」

レムスは云った。そして、すいすいと空中をすべりながら、ラゴールのあとについて、グインを導いていった。

それは、本当のあやしい夜の世界の冒険のはじまりであるかのように思われた。漆黒の闇は、ラゴールの手にしているあかりに駆逐されたとはいってもそれはほんの一瞬のことで、たちまちにまた、勢力を盛り返してどっとおしよせて来、かれらのきたうしろをねっとりと濃密な暗闇でもって包み込んでしまうのだった。事実、もう、ちょっと歩いたあとには、ふりかえってみても、そのかれらのうしろに回廊があるのを見分けることはできなかった——むろん、円柱も、円柱の両側の脇回廊にたちならぶ彫像や肖像画を見ることもできなかった。そしてもう、かれらがどこからやってきたのか、うしろのあの扉を見分けることもまったくできなかったのだ。

牛男ラゴールの手燭が照らしているのはごくせまい範囲だけで——そのなかでだけ、かれらは足もとの床が華麗なふるぼけたモザイクが埋め込まれていることとか、次々と暗闇のなかから照らし出されるぶきみな肖像画に描かれている王たち、賢者たち、勇士たちの像が、しだいにぶきみなものになっていることとか、そんなことを見わけることができた。事実、何か奇妙なことがおこりはじめていた——その王たちの像はもはや貴くもなければ、聡明で気品にみちてもいなかった。それは醜くおぞましく、ぞっとするような悪意にみちた老人たちのように描かれたものになっていた。そして立ち並ぶ彫像は、ぶきみなけものの頭をもち、だが立派なよろいかぶとをつけて杖や槍や剣を持った、まるでパロ王家の栄光の戯画、グロテスクに誇張された皮肉な戯画のようなものになりはじめていた。なまなましい血の滴っているかのように錯覚される若い男の生首を、髪の毛をつかんでしっかりと片手に勝ち誇って掲げているイラナの像があった——その首は、あやしいハーピィのそれであった。その髪の毛は幾千の蛇となって逆立っており、その口はいまにもそのしたたる血をなめとろうとするかのようにするどいクチバシになってのびていた。そのとなりには、矮小なからだに、おそろしく巨大な頭をかかえたぶきみな老人のすがたがあった——その額のまんなかには巨大な三つ目の瞳がぽかりとひらいており、そしてその目はしたたるような憎悪と悪意をみなぎらせて、うす笑いを浮かべた口元とともに、じろじろとこの突然の来訪者たちを見つめているのであった。

そう――すべてが少しづつ、少しづつあやしくゆがみはじめていた。まだ、あのうつろな仮面舞踏会がなんとも人間的な恐怖にしか思われぬくらいに、この階層には、何か病的な宇宙的な穢れ、ゆがみのようなもの――ひずみ、それともあってはならぬ宇宙的な悪意のようなものがひそみ、ひろがり、侵食しはじめていた。すべてが妙に不健全であり、非人間的であり、何かしら奇怪な暗喩や偽りや告発をひそめているように感じられた。そして、漆黒の闇には、一見したところでは誰もいない、何の生きたものの気配もないように見えるにもかかわらず、牛男ラゴールの蒼白いあかりがむけられると、非常にあわててとてもたくさんの気持ち悪い小さいねばねばした生物や、ふわふわしたエンゼルヘアーの親戚のような透明なもの、空中にすまうくらげでもあるかのようなまるいものなどが、逃げ去ってゆくうしろすがたが確実に見られるのであった。また、あわててとびはねてもっと安全な暗がりへ飛び込んでゆく、真っ白でなかばすきとおった、トルクといえばトルクにも見えるがふと立ち止まってふりかえったときその首にはあきらかにおぞましくも人間の顔が乗っているのが見えた小さな生物も、いくたびとなくラゴールのあかりに追い散らされて逃げていったのだった。

グインはだが、それらの怪奇に動じるようすはなかった。そうするには、たそがれのノーマンズランドや果てのきわみノスフェラス、そしてついにはキタイのかのフェラーラの地下の洞窟やホータンの鬼面の塔のなか、はてはあのあやしい宇宙のはてまでもさすらってきたグインは、怪奇な世界に馴れていすぎたのだ。だが、グインはこころもち手をあげて、おのれの頑丈なベルトにしっかりとくくりつけられている革袋にそっと手をそえていた。そのなかには、つねにグインが肌身はなさず身につけているユーライカの瑠璃と、そしてかじやスナフキンの秘剣とが携行されていたのである。それは、こうした怪異の世界に奥深く入ってゆくときに、つねにグインをもっとももよく忠実に補佐し守ってくれる魔界への免罪符のようなものであった——また、そこには、ほかにもグインがかつて遠い昔、ノスフェラスで目ざめたときにその手につかんでいた奇妙な小さなえたいのしれぬ護符のようなものもともに入っていたが、それについては、グインはまだ、それが何であるのか、まったく理解してはいなかった。

だが、いかにそうした怪異に馴れていたとはいえ、怪異は怪異であったし、それに、グインにはいささかの感慨がないわけでもなかった——それは、（パロよ、お前もついに怪異の都となってゆくのか）という感慨であったかもしれぬ。

それまでグインが経てきたのは、はるかキタイの魔都フェラーラであり、また、ホータンの鬼面の塔のなかであり、あるいはそもそも怪魅たちの国であるノーマンズランドや死の都ゾルーディアであった。それは、いまだ神々が決してすべて地上から消滅したわけでもなく、ずいぶんと文明と人間の版図が拡大されてきたとはいいながらなおも科学よりも魔道が主とされるようなこの時代にとっては、ある意味、怪異が存在して当然の場所であり、怪異の版図であるといってよかった。

だが、パロは――パロは魔道の都でこそあったが、同時にまた科学の都でもあり、人間の文明と文化の華を開かせた都でもあったはずであった。それが、そうして怪異の巷となりおおせてゆくとすれば、それはおおいなる文明と歴史への逆行にほかならず、そしてそれがもし成功をおさめ、キタイ同様中原にも暗黒の、闇と魔道の王国が建立されるのだとしたら、それこそは、人々が思ってもいなかった――《明日》ではなく、《昨日》への遡行、おおいなる時の流れの変換点にほかならなかっただろう。

そのようなことが、黙々と闇のなかを牛男の掲げる蒼白い鬼火めいたあかりに導かれて進んでゆくグインの胸のなかに去来していたのであった。闇はどこまでも、どこまでも続いているようであった。

2

いっぽう——

レムスのほうも、この闇の回廊に入ってからは、それほど口数多くは語らなくなっていた。もっともそれは闇に圧倒されたというのではなく、ただ、おのれ自身のさまざまな重苦しい物思いにふけっていたのであったかもしれぬ。

レムスには、何かひどく奇妙なところが感じられた。突然まったく正常な、グインがみてもこれは確かにノスフェラス行をともにした十四歳の少年がさまざまな、性の悪い試練や苦しみをへて、またカル＝モルに憑依されるなどという、あまり普通はできないようなのろわしい経験をも経て、ゆがみ、混乱し、困惑しつつもともあれこうして一応王としてのかたちをつけて成長してきた、ねじくれた成長のすがただろうと思われる反応を示すことがあった——同時にまた、まるで突然異なる人格——それはレムスのなかに完全に吸収されてしまったのだという魔道師のカル＝モルだったのかもしれないが——が飛び出してきたとでもいうかのように、皮肉っぽく、斜にかまえて、反発するようすをみせたりもした――それはその、かつてのレムスであればこのように変わっていってこうもあろうかという反発や皮肉とはまったく違って、奇妙になんというか、《レムス》という人格と馴染まぬ、水と油のような反応であった。それは突然妙に粗野になったり、野卑になったり、また老人くさくなったりした。グインは、そのすべてのレムスの変貌をきわめて注意深くじっと見守っていたが、それはどうあっても、ただ一人の人間の意図的な変化とは見受けられず、まるで何人もの人格がレムスの中で主導権を争いあっている、としか思えなかった。

そしてまた、すでに、グインにとっては、ヤンダル・ゾッグが出現するときというのはまったくの別問題であった。グインはすでにかなり明確に、いまはヤンダル・ゾッグがあらわれて彼と話しているのか、それともレムス当人なのか、あるいはヤンダル・ゾッグが表面に出てはいるもののそのうしろにレムスが存在しているのかどうか、あるいはその逆か――というようなことを感じ分けることができたが、それはひとの顔や雰囲気というものは、ひとによって間違いようもなく別々であるのと同じくらいに、レムスの上にあらわれるヤンダル・ゾッグの気配とレムス当人のもつ気配とが相違が激しかったので、グインにとってはすでにごく簡単なことだったのだ。そして、しばらくのあいだヤンダル・ゾッグがまったく出現してこなくなっていることは、グインにとっては、彼が望んでいたとおりにレムス当人と邪魔されずにことばをかわし、レムスについて知る非常によい機会ではあったが、同時に、いささか気になることでもあった。ヤンダル・ゾッグが介入してこないのに、レムスがこうしていろいろな魔道を使うことができている、というのは、すでにレムスがいったようにヤンダル自身の薫陶よろしく、レムス当人が以前とはまったく異なる魔道の力を身につけてきている、という証拠でもあったし、それはすなわちこのおそるべきパロ宮廷の変容が、ヤンダルの陰謀のみならず、正当なるパロ王であるはずのレムス自身の希望したことでもある、ということであったからである。

となるとそれは、当初グインがもくろんでいたように、ヤンダル・ゾッグとキタイ勢力の、パロ及び中原からの撤退をなんとかして実現させたとしても、パロが黒魔道を駆使する一大魔道帝国として変容してゆくことは避けられぬ、ということでもあった。もとよりパロは魔道王国として知られる国家であり、その王はつねに祭司でもあるのを長い伝統としていた。ある時期にはパロ国王は必ずヤヌス神殿の最高祭司長を兼任し、つまりはパロは祭祀国家として、非常につよく神秘や魔道との融合性を持った国家でもあったのである。そうである以上、それがほんのちょっと黒魔道の方向に転換しさえすれば、いつなりとパロが暗黒の黒魔道王国に変貌してゆく、というのは、ありえないことではなかった——そして、おそらくは、いまやまさにレムスがやろうとしているのは、そういうことであった。むろん、ぶきみな王太子アモン、というかたちで、キタイからの侵略を内部から受けていることについて、レムスがどう思っていたかはまたおのずと別としてである。

だが、もしもレムスがこのまま、この方向にものごとをあくまでもおしすすめてゆこうとするのであれば、たとえヤンダル・ゾッグが中原から撤退したとしても、中原にはかつてなかった強力な黒魔道の版図が成立することになるだろう。レムスのうしろ姿に向けられたグインのトパーズ色の目には、もどかしいような懸念と物思いとが秘められていた。

そんな目を向けられているのなど、まったく意識もしておらぬかのように、レムスはかろやかに空中を数十タルスばかり浮かび上がって暗闇を進んでゆく――ラゴールのおぼつかぬあかりでだけ照らし出されるこの影の回廊のぶきみさにも、そのあかりをいとうて逃げ散ってゆくあやしい闇の生物たちにも、まったく眉ひとつ動かすようすはない。そのようすはあきらかに、レムスがすでにこの闇の回廊にも馴れ、そこをむしろ快と感じるくらいには、黒魔道と怪異の境に馴染みはじめていることを示しているようにグインには思われた。

(もしも……レムス自身が、彼のあのうらみやねたみや怒り、憎しみを諒とし、あのいまのいとわしいクリスタル・パレスの様子をよしとして受け入れているのであれば……もはや、なすすべはない)

グインは口のなかでつぶやいた。

（それは……たとえレムス自身にはどのような理があれ、俺には無辜の人々に対する、判断と行動の自由、自分自身であることの尊厳の剝奪と迫害と侵害としか思われぬ。……たとえ、どのようにみにくくおぞましい自己であるとしたところで、人間がおのれ自身であろうとすることをさまたげ、異なるようであれかしと命じられる権利はどのような王にも神にもないのだ。――人はすべて、おのれの望んだとおりのものである権利がある。――そして人は、誰にも《本当の自分》を暴き立てられたり、からくり人形として意志をもたぬ存在とされて時を止められるべきではない。……たとえレムスがどれほど辛い目にあっていたとしても、それゆえにはじめて得たおのれの力にどれほど有頂天になっていたとしても……そうであればあるほど、それはいつかおのれに直接はねかえってくる所業だろう。……俺は信じる。たとえ見苦しいあさましい豚や象《ゴロン》《エルハン》やトルクの頭をもつ人間であることが、そやつのなさけない本性であったにしたところで……そやつは、自分が望むかぎり、そのまま、みじめになさけないままでいる権利があるのだ。あるいは、それをみじめになさけないと感じることそのものが、他の人間のおおいなる傲慢にほかならぬ。そう感じているそやつ自身がまことはなにものであるのか、たまたま高貴な魂を持ち得たにしたところでそれはそやつの手柄ではありはせぬのだ。高貴な魂とは、持っていたことが幸運なのではなく、それを維持することによってだけ認められるようなものなのだから。……そして、もしもけだもののすがたを持っていることがそやつの罪状として裁かれねばならぬのだったら、この俺はどうなる。——生まれついて豹頭という、隠しようもないけだもののすがたをもち、いわくもわからぬままにこうして他の人間とあまりにも異なるすがたをして生きていなくてはならぬ、この俺はただ、豹頭であるというだけで、それを醜いけだものである《本当の自分》であるといわれなくてはならぬのか？——だったら、そのような断罪に耐えうる真実とはいったいどこに存在するのだ？　そもそもけだものと人間と、どちらが高貴であると、誰が決め得るだろう？　俺はたくさんの、けだものや妖魅であり、しかもきわめて高貴な魂をもつ友を持ってきた——狼王であるロボ、そしてその子ウーラ——鴉の女王たるザザにしたところでそうだ。また神々は多くけものの頭をもち、中にはいくつものけだもののからだの一部をあわせたおそるべきキマイラもいる。……魔道師たちは、俺のこの豹頭と、ヤンダル・ゾッグの竜頭とが、それが当たり前であるどこかはるかな星の種族たるあかしなのではないかといったものだ。……だとすれば、この俺の豹頭は、けだものであることのあさましいあかしではなく——いつの日か本当の、まことのおのれの種族とふるさとを、ランドックを見出せるという輝かしいおのれ自身のあかしにほかならぬ……）

深くおのれの思惟にとらわれながらも、グインは、あたりのようすに注意を払うことは忘れてはいなかった。

闇はどんどん深まりゆき、そして、蒼白い鬼火に驚いて逃げ出してゆく闇の生物たちの数はしだいに多くなってゆくようであった。そして、道は少しづつだが下り坂になっているようであった。やがて、レムスがついに口をひらいたとき、グインはこの道はこのまま永久に闇のなかに続いているのかとさえ錯覚にとらわれはじめていたところだった。

「さあ、グイン。……ここからもうひとつの扉を開きますよ。一層目の闇の回廊は抜けました。これからこんどは、もっとずっと明るい、ふしぎなところへお連れしましょう。いや、もちろん、ご心配はいりません。ぼくは貴方をリンダのもとにお連れするためにこうしてご案内しています。ただ、キタイの都ホータンをもごらんになってきた貴方のために、ヤンダルがぼくに預けようと作り上げてくれたこの闇の王国がどのようなものであるのか、ごらんになっていただきたいのですよ！——むろんそれを黒魔道、よこしまな、許されぬ黒魔道として糾弾してしまうのは簡単です。だが、あなたは本当に——あなたの高貴な魂は決して信じられないかもしれないが、パロの宮廷のあの貴紳淑女たちは、決して……本当に、ああなるのをイヤがっていたわけじゃない。本当ですよ。貴方のような人には信じられないだろうが……あなたに決してわからぬことがひとつだけある。それは、平凡な凡庸な、何の力ももたぬ人間たちの心理です。貴方はあまりにも存在そのものが他の人間と異なりすぎている。だから、貴方にとっては、人間とは、偉大たろうと思えば偉大たりうる存在でしかない。貴方はそう信じているはずです。だけれど、おろかで凡庸で無力な人間たちにとっては、かえってああして命令され、指図されて、『笑え』といわれれば笑い、『踊れ』といわれれば踊っていることは、ある種の幸せとしかいいようがないのですよ！――本当ですってば。そのことがわかれば、貴方ももう一段、人間が大きくなると思うんですけれどねえ！……本当に、かれらは、人間としてふるまうには少々、知能が足りなさすぎて、それなのに、人間であるからには人間としてふるまわねばならぬとさだめられていることでとても混乱し、不幸だったのです。ぼくは――これまた正確にはヤンダルがですが、かれらをその混乱と不幸から救ってやったのですよ」

「それも、ヤンダル・ゾッグの受け売りか？」

ぶっすりとグインはたずねた。レムスは神経質そうな笑い声をあげた。

「まあ、ね。……でもヤンダルはお膝元のキタイでは、さらにすごいことをして……どんどん、人間たちを作り替えて、《竜の門》の兵士たちにするやら、さらに可能性のあるものはおのれの一族に変身させるやら……女たちはたくさん連れてゆかれて、そしてヤンダルの血をひく――むろんアモンのようにこってりしたのじゃなくて、ごくごく薄いつながりにすぎませんけれどね――《龍の一族》の子供たちを生み出すために妊娠させられているという話です。むろんぼくが見たわけじゃないが！――じっさい、ヤンダル・ゾッグというのもけっこう面白いじいさんですよ。意外とちゃんと人間なんですね。竜人のくせに人間的、というか。確かにすごい力を持ってるし、非常に異質な、まったく人間と相容れぬ部分もたくさんあるんだけれど、さまざまな欲望とか、もろもろの感覚については、ちゃんと人間らしさを保っている。どうせそうやっておのれの血族を生み出す道具に使うのなら、何も美しい女である必要なんかないじゃありませんか。だのに、わざわざ美しくてなるべく若い女ばかり集めるとかね。じっさい、それを知ると、竜頭だろうが、豹頭だろうが、つまるところ存在というものは人間的なんだと思いたくなりますよ。それを間近に——どころか、ぼく自身の内部に感じたんだから、ぼくはある意味非常に得難い体験をしたのかもしれない」

「それはまさにそのとおりだろうな」

グインは仏頂面でいい、そしていきなり目にまばゆい光が飛び込んできたので、あわてて目を手で隠した。

それは、じっさいには大した明るさではなかった。だが、ずっと漆黒の濃密な闇のなかを、牛男ラゴールのおぼつかぬあかりひとつを頼りに歩き続けてきたものにとっては、いきなり白熱する太陽の光が目を直撃したほどにもまぶしく感じられたのだ。グインは慎重に何回か目を細めに開けてみて、少しづつ光に目を慣らしてから、ようやく目を開いた。レムスのほうは、それもまた魔道の一部なのか、いつのまにかまとっていた魔道師のマントのフードをうしろにはねのけ、青白い顔をあらわにして、とりたててまぶしそうなようすもなく、扉のところに立っていた。

あかりはその扉から、上がアーチ状になったその扉のかたちにこの闇の世界に差し込んできているのだった。それは妙に白っぽく、ちょっと黄色みをおびた明るさであった。

「さあ、ここまででお前は帰っていいぞ。また醜いお前にふさわしい永遠の闇のなかに戻れ、ラゴール！」

レムスが云うと、牛男は丁重に、宮廷貴族のグロテスクな模倣のように膝を折って礼をすると、そのますうっと、こんどはあかりを吹き消して背後の、きたほうの暗黒のなかにとけこんで一瞬にして見えなくなってしまった。

「あの闇の生物はもともと地下世界にしか住めないやつで、あれのとても大きくなったものがかのミノースの迷宮に主として住まっていた牛頭の怪物ギュラスだそうですよ」

レムスは興味なげに説明した。

「ヤンダルは、ああした闇にしか住めない生物とか、半地下をすまいにしている動物などを、意志を疎通させ、飼い慣らし、手下《てか》として使うやりかたをぼくに教えてくれたのです。ああいうやつらは決して裏切りませんよ——裏切るというほどの自我がありませんからね。ぼくはじっさい、この宮殿がこうなってからはじめて、人間以外の存在というのは、けっこう信頼してもかまわないものなのだということを知ったような気がする。

逆にいえば、人間というものが、いかに人間どうし裏切りあっているということか、なのでしょうけれどもね」

「……」

「さあ、ここまでは、このあいだ——いつだったかは忘れてしまいましたが、ぼくが、いや、あれはヤンダルがというべきなのかな、うるわしの王姉リンダ大公妃をご案内してきて経巡った天路歴程の道順です。でも、ここから先は違う。あのときにもラゴールに案内させたのですが、そのままぼくは彼女を王妃宮に案内して、あのいとしいとんでもないアモンを彼女に見せたのです。でも、あなたにはね。……あなたはリンダよりもずっと、根性もあるし、何をみても驚かれないだけのつよさもおありだ。リンダはすでに、首から上がまやかしによってけものや鳥にかえられた宮廷の人々を見ただけで失神しそうになっていましたからね。『なんて冒瀆的なことを！』とくりかえして身をよじって嘆き悲しんでいた。ぼくの双子の姉ではありますが、じっさいあの女性は知性という点ではあまり信用はおけそうもない。まあ、女性というのは全般的にそうなのかな、などといったら、それこそ女性のかたたちから総すかんをくらってしまうでしょうけれどもね！」

「……」

喋りながらレムスは、その白い光のなかにどんどん踏み込んでいった。グインもあとに続いていった――が、ふいに、はっとしたように目を見開いた。

「ここは、どこだ」

　するどい声がグインの口からもれた。レムスは小気味よさそうにそのグインを見た。

「さしものあなたもびっくりされたようだ。こんなものを御覧になったことが？　それとも、ノスフェラスで――それともそれ以前に、どこかで……とてもよくご存じだったものですか？　いっておくが、ぼくは……ヤンダル・ゾッグにまあ、命じられたとおりの行動をしている部分と、それからぼく自身の興味によってしている部分とがある。これは正直いって、その両方がまざりあっていることなのですがね……ここは、ヤヌスの塔のなかですよ、グイン」

「ヤヌスの塔――だと？」

「そう、そのくらいは貴方はすでにご存じでしょう。ヤヌスの塔、七つの塔の都と呼ばれるクリスタル・パレスのなかで、数々の尖塔のなかでもっとも大きく美しいシルエットをもち、そしてもっともその地下にあやしい謎を秘めた場所。……ここがあるからこそ、パロが世界に冠たる魔道の都たりえたのだとさえ、魔道師たちがいう、そのゆえんの場所。……そして、世界の三大不思議、もっとも巨大な謎々のなかでももっとも大きな謎が永遠に眠っている場所」

　レムスはひらひらと踊るように手をふってみせた。

「そう。貴方は、いま、かの伝説の《パロの古代機械》への扉の前に立ってるのですよ。ケイロニアの豹頭王グイン！」

「なんてことだ……」

としか、さしものグインも言い得なかった。

何よりも、おおいなる驚愕がグインを圧倒していたのだった。グインは、そのトパーズ色の目を大きく見開き、めったにない、自失の――完全に心を奪われた表情で、レムスが指し示している室を見つめていた。それは、白く明るい光のなかに、すきとおった水晶かなにかの分厚い板でこの部屋とへだてられている向こうの室で、とてつもなく天井が高く、そしてきわめてふしぎなものがたくさんそこにあるのが、すきとおった水晶の壁をへだてってはっきりと見てとれた。

それは、かつて、アルド・ナリスが、敵軍の将アムネリスを案内して見せたものであったし――また、同じくアルド・ナリスがアルゴスの黒太子スカールを連れ込んだその同じ場所でもあった。そしてまた――

「あの夜」

瞑想的にレムスはつぶやいた。

「あのパロにおぞましいいやしいモンゴールの侵略者の手がかけられ、クリスタル・パレスが炎上し、あちこちに火の手があがったあのとき――ぼくは、姉とともにここにいたのですよ。グイン」

「ああ……」

グインはぼんやりとつぶやいた。珍しくも、彼はすっかり目の前にくりひろげられた光景に魅せられてしまっていた。

「いや、ここにいた、というのは正確じゃない、ここに連れてこられた、というのが正しいのでしょう。ぼくと姉は、まだ子供だったので、王子宮でともに眠っていた。それを血相をかえた乳母に叩き起こされ、めったに身にまとうこともないような——いや、はじめてみるような妙な服——皮の、まるで庶民の子供でもがまとうような服を着せられた。どうしてなのかを問ういとまもあたえられず、頭も保護しなくてはならないといって皮の帽子をすっぽりとかむされ、そしてぼくとリンダは乳母やに手をひかれて大急ぎで廊下を走った。そのころまでにはもう、モンゴール兵はあちこちに侵入してきて、ぼくたちもねむたい目をこすりこすり、もう文句をいうどころではなく事情を悟らなくてはならなかった。父はどうしたのか、母は、いったい誰が攻めてきたのか、何をきいてもあわてふためいている乳母はろくに返事もしなかった。そして、ただひとこと、うろたえているぼくたちに『モンゴールです。モンゴールの野蛮人どもが攻め寄せてきたんです。ああ、なんてこと！』とばかり云った」

「……」

「そして、ぼくは——ぼくと姉は有無を云わさずヤヌスの塔へむかわされた——王太子宮から、ヤヌスの塔までは、途中、ルアーの塔の周辺でどうしても外に出なくてはならない。乳母はぼくたちに、王太子宮の出口で待たせておいて、近衛騎士たちを一連隊かきあつめてきた。そして、かれらはぼくたちをまんなかにすると、一気に燃えさかる外へ飛び出した——ああ、そう、クリスタル・パレスは燃えていた……」

レムスは遠くを見つめるような目で、うたうようにつぶやいた。

「クリスタル・パレスは燃えていた……そうです。そして、ぼくたちはいきなり近衛騎士たちが激しく切りむすぶ戦場のまっただ中にいた。そして、そこに、さらにかけつけてきた別の騎士たちが『王子様、王女様、こちらへ!』と……乳母もろともさらに護衛してなんとか……ぼくたちに追いすがろうとする黒いモンゴールのサソリたちを必死に払いのけて……そのためにまた一連隊が、まったく勝ち目はないと知りながらそこに飛び込んできました、ぼくたちを守るために。——でもぼくたちはそれをいたむこともふりかえることも許されないまま、ヤヌスの塔に飛び込み、ずっとぼくたちには禁忌とされてきた地下へ——そのうちに、あと二年たったならぼくもそこで王家の秘密をわかちあうのだ、それまではそこに踏み込むことは許されないのだと言い聞かされてきたヤヌスの塔の地下へとひきこまれていった。そう、いまぼくたちが立っているこの場所めがけて」

「……」

「うしろではまだ激しい戦闘がくりひろげられており、そのころまでにはあちこちに、パロの騎士たちの銀色のよろいをつけたすがたが死屍累々と横たわっていて、子供のぼくの目にさえパロにとって相当に戦況が不利、というよりもほぼ確定でパロは敗れるのだということがわかりました。衝撃にぼくはものも云えなかった——ぼくよりしっかりしていた姉は、お父様は？　お母様は？　ナリスは？　と叫んでいたが、乳母は何も答えなかった。ただ、泣きじゃくりながらリンダを抱きしめているばかりだった。……そして、ぼくたちを、この室の前で、ちょうどまさにこの場所で、ご存じのリーナス伯爵の父親——ご存じですよね、リーナス伯は何回か、ケイロニアの記念祝典の使節団の正使節としてサイロンにおもむいておりますものね——リヤ大臣が待ち受けていた。リヤ大臣はぼくたちを見るなりせかせて、この扉をもどかしげにあけた。ぼくは、王家の者でなくては——しかも選ばれた者でなくてはこの扉は開くことができないときいたように思うのだがと、あんなさいでもちょっとふしぎに思った。——そのとき、ぼくたちは有無を云わさずそちらの室のなかにひきこまれた……お入りなさい、グイン。実はあそこの室のなかにはもうひとつへだての扉があります。そこまでなら、なんとかこのぼくも入ることが許されているのです。そのさきの、本当に古代機械にふれることのできる場所へは、なんとしたことか、このパロ王、正式にアルカンドロス大王の霊位に承認されているはずのぼくは、入ることを許されていないのですけれどね。誰によってだと思います？——古代機械、当人によってですよ！」

いまいましげにレムスはいった。そして、グインをさしまねいた。

3

「ほう」

何でもなさそうにグインはいかにも気のないようすのあいづちをうった。しかしその目ははからずもそのグインの擬装を裏切っていた——グインのトパーズ色の目は、そのレムスのことばをきいた瞬間、きらりと光るのをおしとどめることができなかったのだ。

「古代機械は、ひとを選ぶのか」

「そうです」

むっつりと不平そうにレムスはいった。

「こいつは生意気にそれ自身の判断力などというものを持っているようなのです。……というか、ほとんどの操作はですから、この機械それ自体が行ってくれるのですよ。そうでなければ、われわれパロの、いまの時代の人間がこれを扱えるわけはない。これは、どうやら、そのなかにあるあれ——」

レムスは、ガラスの壁ごしに、内部を指さした。

「あの一番大きな、こちらにむかって半円形にくぼんでいるものがあるでしょう。あのまんなかに椅子のある。……あそこに座って、あの机のようなものについている文字盤を操作して、そこにいろいろとこちらの行きたい場所やその座標、そう、座標といっていたな。それを入力するのですね。そうすると勝手にこの機械がいろいろと計算して、そちらのあのすきとおった大きな天井まである筒、あのなかに入った人間をその場所へ送り出すことになる。その操作それ自体は完全に自動で、この機械が勝手にやるようなのです。で、人間のすることはただ、そのこまごまとした情報を入力するだけである。――で、そうやってぼくたち、ぼくとリンダとは、あのときルードの森にあらわれ、そしてあなたと出会い……」

瞑想的にレムスは云った。まるで、あのときの友情と、ともにした苦難がグインとレムスとのあいだに作り上げたはずの共感をかき立て直そうとするかのように。

「そして、はるかなるノスフェラスを、レントの海を、アルゴスを越えてきた。……あれは、楽しかりし日々でしたね、グイン、いまにして思えば？」

「……」

「そうでもありませんでしたか。ぼくはとても楽しんだものだけれど。……でね、それからすべてがはじまったわけです。あのときのあの座標の狂いから」

「……」

「あの筒のなかに入れられ、二人一緒にしっかりと座席にベルトでしばりつけられたぼくとリンダがさいごにきいたのは、『座標が狂ってしまった！　神よ、あわれみたまえ！』というリヤ大臣の絶叫だった。ぼくは長いあいだ、あれを——当然のことながら、ぼくたちがアルゴスにむかうはずなのにルードの森にあらわれてしまったという、それが座標の狂いだったのだと信じていましたよ。最近、ごく最近にヤンダルに教えられてやっとぼくは知りました。あの『座標が狂ってしまった』というのは、そうではなかったのですね。……リヤ大臣は、ぼくたちをだまし、アルゴスと称して——キタイへ送り込もうとしていた。そして、それだのにあの古代機械はぼくたちを、ルードの森に送り込んだのです。リヤ大臣が叫んだのはその狂いのことだった。というか、座標は……勝、い、い、い、手に戻ろうとしていたのです。べつだん忠誠心を持っているわけじゃないが——この古代機械は自分で勝手にいろいろな判断を下すようなのですよ。そしてそれも、しだいに正確に。たくさんの情報が入って蓄積されてゆくにつれて、だんだん正確になってゆく……」

「………」

じっと、グインはきいていた。おそろしいほどに神経を集中し、目はくいいるように壁のむこうの古代機械からはなれなかった。

「なんて、不思議なことだろう」

レムスはつぶやくようにいった。そして、かるく手をガラスの向こうにふってみせた。

「古代機械！——これは一体、何なんでしょうね？　ぼくは最初、当然これは物質をこととなる場所に転送するだけの転送機だとしか考えていなかった。だがいまはかなり考えが変わっています」

「ほう……」

「ただの機械、ただの道具——物質をただ、打ち込まれた座標にしたがって転送するだけの機械なのだとしたら、これが進化するはずはない」

「進化だと」

「そう。進化」

レムスはなかばうっとりと、ガラスの向こうに展開されているふしぎな光景に瞬間、みとれるようすだった。

それはだが、ナリスならずとも、レムスならずとも——どれほどこうしたものをばかばかしいと思う現実主義の人間でも、ひとたび目のあたりにすれば思わず心を奪われ、それについてあれこれとあらぬ物思いをめぐらさずにはおかれぬような、そんな光景であったにちがいない。

ガラスの向こうは、この、壁の手前側——ヤヌスの塔のなかとも、むろんこれまでにグインたちが通り過ぎてきた、その手前の暗い闇の世界とも、まるきり、あまりにも異なった世界であった。そこは、きらきらと光る固そうな金属らしい白っぽい物質で作られた壁が、あきらかに外部とこの室内をきっぱりと遮断していると見える。高い天井は円形になっており、そしてまんなかに一段高くなったまるい台があってそのなかに、すきとおる分厚い水晶のような板で作られたまるい棺のような大きなものが、たてに設置されていた。その棺のなかには椅子というより、身をよこたえるディヴァンのようなものがあり、その両側にいくつかの突起があった。そして、その水晶の棺から無数の管のようなものがのびて、左右と上下に伸び出し、それぞれにふしぎな、得体の知れぬ機械のようなものにつながっていた。

一番大きなものは、レムスがそれが操縦盤だろうといった、半円形になった機械だった。その半円のまんなかのところに、卓があって、そこにこまかな文字盤や計器類とおぼしいものがぎっしりとついていた。それはひっきりなしにきらきらとその上を光がかけぬけるので、じっとみていると目がくらくらしてきそうだった。卓の手前には、かなり大きな、すっぽりとかけたらかけた人間が見えなくなってしまいそうな椅子があった。

そしてその椅子と向かい合うようにして巨大な画面がその卓の奥に立ち上がっていた。それもまた半円形になっていて、いくつかにわかれていたが、上のほうは何かえたいのしれぬ文字のようなものがひっきりなしに行き来していて画面は一瞬もじっとしていなかった。下のほうの画面は、中央にこれまた中原のものの誰も見たことのないような奇妙な記号をいくつかならべたまま、ひっそりと暗くなっていた。

ほかのものも大同小異であった。画面と、文字盤と、計器と、操作盤らしいもの——それがいくつも組み合わせられ、そして、その水晶の棺の反対側の奥隣りには、銀色の金属ですっぽりとおおわれた、なめらかな細長い、下部がまるくなっている箱のようなものがあり、それからは、かすかなぶーんという音がひっきりなしにきこえていた。そのてっぺんに青白い光がくるくるとその細長い先端のまわりをまわっている。

まがりくねったパイプのようなものがいくつもうねうねと上層部を通っており、また、中にきらきらと青い光や赤い光が通ってゆく太い水晶の管のようなものも、おそろしく複雑なかたちをして、部屋じゅうに蜘蛛の網のようにはりめぐらされていた。そして、片方の壁面は、一面上から下まで巨大なひとつの黒い画面のようになっていた。そこに何かがうつし出されるのかもしれなかった。

「ね！——ふしぎなものでしょう」

レムスは、グインがそれにみとれているのに気づくと、おのれの注意をグインにひきもどそうとつとめるようだった。

「ぼくは心外でならなかった——この古代機械はひとをえらぶ。最初から、パロ聖王家の由緒正しい王子でありながら——いや、それどころか、いまやパロの、アルカンドロス大王にも認められた聖王でありながら、どうしてこの機械はぼくを認めてくれないのか。どうしてナリスをこの機械のあるじとして選んだのか。……この機械は、あるところまでは――それは、ナリスの研究に従事していたカリナエの学者を何人か、カリナエが陥落したときとっつかまえて拷問したので、かなりのところまでぼくにも事情はわかったのですが――あるところまでは、《ぱすわーど》とよばれる呪文でゆけるのです。それは誰が打ち込んでもいい。つまり、そのことばを入力するとそれがカギとなってこの機械が次の操作をする段階にすすむ、ということですが」

「………」

「それは、教えてもらえば誰が打ち込んでも同じように機械は進行する。だから、すべての操作を会得していたナリスが、腹心として使っていたものたちは、かなりの程度この機械を使いこなすことが出来ていた。ナリスが教えたその文字盤の組み合わせを次々、むこうがきいてきたときに正しいきっかけで打ち込んでやると、機械は次に進む。そしてまた、きいてくるので、次の呪文を送り込むと次の段階へすすむ。そうやって機械は動き出し、内部の操作は機械が勝手におこなう」

「ふむ………」

「そして、しかし、あるところから――どこかということはぼくにはわからないのですが、あるところからは、この機械は、その特定の人間の声によってのみ、動かすことができるようになる――でもそれもたとえば誰かがナリスに教えられて操作していて、ナリスがかたわらでそこから先、声をかけていると操作は続けることができる。だが、さいごには——」

「……」

「本当にさいごのさいごには……機械を動かすことはいいんです。これを動かしてそうやって誰かをどこかへ、あるいは何かをどこかへ転送することは出来るのですが、そうではなくてこの機械そのものの設定にふれようとすると……この機械は、すごい熱線のようなものをはなって、それをしたやつを殺してしまうのですよ！……設定というか、ぼくにはどうもなんといっていいかよくわからないのですが」

「む……」

「それが出来るものが本当にこの古代機械があるじと認めたものだけで、それは毎回つねにただ一人、一代につきひとりしかいない。そしてそのひとりが死んだとき、どういうわけか、この機械はそれをどこにいても理解して、次の《ますたー》を選ぶように指示してくる——しかもその《ますたー》は、こちらが決めるのではなく生意気にもこの機械のほうから誰を任命しろと指示してくる——というところまでは、ぼくもわかりました。ナリスの御用学者どもをしめあげて」

「……」

「頭にくることに、ぼくは——ぼくは、この部屋のなかにさえ、入ることを許されなかったんだ」

　憤懣やるかたない口調でレムスはいった。

「ヤンダルもさぞあてがはずれたに違いないし、そのことでよくまあぼくが、こんな利用価値のないやつはといって消されてしまわなかったものだ。……ヤンダルはいつだってもっとずっと下らぬ理由でひとを消したのですからね。――ヤンダルは、パロの聖王家の人間なら、誰でもその《ますたー》になれる権利があると思っていたのです。だがそれがナリスしかいない――ナリスが生きているかぎり、ナリス以外の人間は決してなれないと知って……」

「なるほどな……」

「だから、ヤンダルは、ナリスをどうしても手にいれたいと思うわけだ。ぼくはそうじゃない、どちらかといえば、もう二度と顔を見ずにすんだら――しかも永久にね……どんなにか嬉しいことだろうと思うのですが」

「……」

「この機械のやつは、ぼくがここにいることだっていやがるんです。ぼくがもしもう一歩近づこうとしたら」

　レムスは、慎重に、一歩ガラスの壁に近づこうとした。

　効果と反応は素早く、圧倒的であった。いきなり、そのガラス壁は、威嚇的なうおーんというようなうなる音を発し、そして壁全体がいきなり発光したのである。こまかな光の粒子がまるで火の粉のように壁のまわりをかけずりまわった。レムスがその段から足をおろすと、うそのようにその光と音はぴたりとやみ、それが警告にほかならなかったことをあきらかにした。

「でもヤンダルはもっとひどかったのです。ヤンダルがこの建物のこの領域に入ろうとした瞬間、古代機械は、自ら《力》を切って気絶したんですよ」

「ほう」

「これにはヤンダルも手のつけようもなかった。いったいどうして、どこでこの古代機械がそんな判断をしているのか……そうだ、グイン、ちょっと、ぼくはうしろにしりぞいていますから、この古代機械に近づいてみてください。この光は、ふれるとびりっときますから、充分に気をつけて」

「……ああ」

グインは、いくぶんためらいがちに、レムスにいれかわって水晶の室に入る台に足をかけた。

グインがその段をあがっていっても、さきほどのような警告音も、警告する光もあらわれなかった。それどころかおどろくべきことがおこった――いきなり、そのガラスの壁、どこにも割れ目がないようにみえていた一枚板の水晶のような壁は、するすると半

分に割れて、グインをその操縦室のなかへ通そうとするようすをみせたのだ！

「おおっ！」

目が飛び出すほど注意深く見守っていたレムスは思わず叫び声をあげた。

「やっぱり、そうだ！　グイン、中に入ってみて、中に！　こいつはあなただと、受け入れるんだ！」

「ウム……」

グインはまたしてもかなりためらった。

それから、ひどく慎重に、一歩そのあいたガラスのなかに足をふみいれた。

「大丈夫ですったら。グイン、そこまではナリスが日常的に、研究のためにしょっちゅうほかのものをも入れていたんですよ」

うしろからレムスがじれったそうにいう。グインは、思い切ってその室に足をふみいれた。

とたんに、グインは悲鳴のような声をあげてうずくまってしまった！

「グイン！」

仰天して、レムスは叫んだ。

「ど、どうしたんです？　グイン、グイン！」

思わずレムスはそこにおのれが拒まれていることも忘れて、その室に入ろうと足をあげた――

刹那、するすると水晶の壁が左右からしまって、ぴたりと、グインをなかに封じ込めたまま、レムスを拒否した！

「うあっ！」

激しい電撃をくらいそうになって、レムスはとびのいた。そして、はあはあと肩で息をしながら、グインのようすを見つめた。

「グイン！　グイン、大丈夫ですかっ！」

室のなかには――

何か、驚くべき変化がおこりはじめていた……

きらきらとひっきりなしに光る青や赤を走らせていた透明な管が、いまやぶーんというような音をたてながら、ぐるぐるとそのなかで青い色や赤い色が回転しはじめていた。それは渦巻きながらかけのぼり、かけおり、同時に左側の巨大なパネルが、明るく点灯した――が、それはまた、暗くなった。こんどはあかりが消えたのではなく、黒くなったのだった。そしてそこに――レムスはおのれの目を疑った――白い輝かしい銀河のすがたがあらわれた！

「な、なん……何がおこったんだ――！」

グインはうずくまったまま動かない。レムスは近づくこともかなわぬまま、驚愕の叫び声をあげた。いまや、どうみても、室はあきらかに、おどろくべき生命を取り戻していた！　室全体が生き返り、まるで、欠けていたさいごの部品がそろったとでもいうかのように活気づき、激しく動き出そうとしはじめていた。室はいまにもそのまま宇宙船と化して宇宙へ飛び立っていってしまいそうなくらい、活気づいてざわめきたっていた！

「なんてことだ……」

レムスはひたすら茫然とつぶやいた。

「これはいったい……これは……グイン、あなたはいったい……グイン！　どうしたんです。意識を失ったんですか。しっかりするんだ。しっかりして！　くそ、ぼくは入れないんだ、その部屋には！」

レムスは、近づくに近づけず、困惑しながらそのまるい、室の入り口の段々をあがったりさがったりした。二段目にレムスが足をかけようとすると、活気づいた古代機械の室ははっきりとレムスを威嚇した――びりびりと走る電流はいまや青白い炎になってガラスの板を包んでいた。

「グイン！」

レムスはついにたまりかねて、カナンの眠りをでもさましそうな大声で絶叫した。びりびりとガラスがふるえた――と、グインの目が開いた。

「俺は……ここは……」

「グイン！　とじこめられてしまったのですか？　とにかく出てきて、とにかくこっちへ！　出られないんですか！」

「何だと？　いや……そんなことは……」

グインは当惑したように――事実、いったい何がおこったのかまったく理解していなかったのだ――のろのろと起きあがった。とたんに、ガラスのドアがするすると左右に割れた。グインが室から出てゆくと、さっきの急激な変化の逆がおこった。室のなかから、まばゆくきらめきわたるあかりが消えた。そしてパネルのなかからもそのうしろにあるらしいあかりが消え失せ、銀河系のすがたも消滅した。コンソールのあかりもすべて消えた。古代機械は、失望したかのようにひっそりとまたしずまりかえってしまった。名残の火花のように、青い光と赤い光だけがちかちかと細い管、太い管のなかをとびかっている。

「あ……」

グインは、出てきて、レムスのとなりに戻ってくるなり、がっくりとまた膝をついた。レムスは助け起こそうとなにげなく手をのばして、グインにふれたとたん、叫び声をあげて手をひいた。はたから見てさえわかるほどはっきりと、ばちばちと激しい音をたてて、グインの、レムスのふれたからだの部分から青い火花がとんだのだ。

「うあっ、びりびりっときた」

レムスは悲鳴をあげた。

「なんてことだ。……もう間違いはない。あなたは、この古代機械と関係があるんだ。……この古代機械を作り出した文明があなたをも作ったか、それとも――あなたがこの文明の世界の存在なのか――どちらにせよ、あなたはこの古代機械にとっては……仲間、といったらいいのだろうか……なんていったらいいのかわからない、とにかく、あなたは……ここからきたんだ！」

レムスは用心深く身をとおざけ、もう電流がスパークしないくらいの距離をおいて叫んだ。

「なんてことだろう。ナリスがきいたらなんていうだろう。……グイン、さあ、しっかりして。すぐそこの室に椅子があるから、そこにいって座るといいでしょう。さあ、ちょっとだけ歩いてください。何か飲み物が必要ですか？」

「いや……とにかくここからはなれるわけにはゆかんだろうか……」

グインはよろめきながら立ち上がり、深いうめき声をもらした。

「もちろん……」

「どこでもいい、ちょっとだけ休ませてくれ。頭が爆発しそうだ。……あの室は何なんだ。入ったとたんにありとあらゆることばが頭のなかに流れ込んできた……」

「なんですって」

「ありとあらゆることばがだ……すべて俺にわかることばだったがひとつとして中原のものじゃなかった……そして……銀色の都市が見えた……あれはランドックだ。あれは……間違いなくアウラ・カーのおさめる《天上の都》だ……時も次元も解明され、支配されつくした神々の惑星《ほし》だ……」

「アウラ・カー」

野太い——

そして、すでにかなり耳慣れた声がささやくように云った——

「アウラ・カーのおさめる《天上の都》だと。時も次元も解明され、支配されつくした神々の惑星だと！」

「ヤンダルか……」

グインは、しぼりだすようにつぶやいた——驚く気配さえみせなかった。そんな半端なおどろきはいまの圧倒的な体験の前に、入り込む余地もなかったのだ。

「ご苦労さまなことだな……わざわざまたキタイからとんできたのか？　それとも……」

「われのことなど、なんだっていい！」

レムスの自我はおしのけられ、ふっとばされたようにみえた。ヤンダル・ゾッグである証拠にレムスの双眸はまったく虹彩のない、真紅の穴と化していた。

「やはりお前はあまりにも多くのカギを握っているのだな、グイン！　ますます、お前を帰すわけにはゆかぬ。……いや、お前を——のがすわけにはゆかぬ。お前はおそらく古代機械を制御できるな？　お前がいれば、アルド・ナリスがおらぬでも、古代機械はお前を《マスター》と認めるのだな？　そうは思わぬか？……おそらくは、パロ王家は、古代機械にとっては不本意な代理にほかならぬのだ、きっとな！　ただの人間たちが扱うには重たすぎる謎を、ともかくもあずかり、よりふさわしいまことの《マスター》があらわれるまで守ってくれる役割を継承する代理の主人！……それさえわかればもう何も迷うことはない……」

「俺はそのようなことは知らぬし、断言はできぬ」

グインはぐったりと疲れたからだを力なく、レムスが案内してくれたヤヌスの塔の一室のディヴァンに投げ出しながらつぶやいた。

「あの俺が見た映像が何だったのか……それも俺にはわからぬ。とてもよく知っている場所のようでもあれば、強引にあの機械に見させられた——見覚えがあるかないか頭のなかを走査されたような気もした。事実何かが俺の頭のなかに入ってきて俺の記憶をひっくりかえし、つつきまわしているような感じが俺にはした……それで、俺はこんなに……参ってしまったのだ」

「頭のなかに何かが入ってきて……」

ヤンダル・ゾッグは真紅の目をぎらつかせながら叫んだ。

「どんな感じだった、グイン？　いったい、何が入り込んだ感じがした？」

「わからぬ——何か、非情なもの——ひとの心話や念波やそういうものでは一切ないもの、あまりにも——論理的でいちるのゆるみさえ持たぬ、許さぬもの——銀色の線が——そして……」

グインはうめくようにいって、両手でおのれの豹頭をおさえた。

「そして、俺は……云われたように思ったのだ。なんだ、こやつか……こやつは問題外だ。……こやつは、不適格ゆえに追放された王だからな。こやつではないぞ……と！　そう云われたと思ったとき、目からランドックの懐かしい銀色の神々の都の風景は消え、俺は……俺は室の外に吐き出されたように感じていた……」

4

「室の外に吐き出されたように……」

あまりの興味に我を忘れたようにヤンダル・ゾッグは叫んだ。

「それは、どういうことだ？　あの室は、お前を拒否したというのか、グイン」

「拒否した——とは思わぬ——だが、あの室の失望を俺は感じた……俺をもっと……違う存在だと思ってよろこび迎え……そして、そうでなかったと……それどころか、なしてはならぬことをしたやつではないか、失格だったやつではないかと失望したかのような……なぜだ。俺はいったい何をしたのだ——いつ？　どこで？　どんなことを？　そんなふうに、王として失格とされるような、どんなことを？」

「考えるな、グイン。考えたところで無駄なことだ」

ヤンダル・ゾッグはあやしい声でささやいた。ようやく、グインはおもてをあげた。そのトパーズ色の目はいつになく不安をたたえてかげっていた。

「ランドックとはどこだ——そこで俺はいったい何をしたのだろう……」

「ランドックはたぶん——空のはての星だろう。われらの先祖がやってきたのと同じほど遠い——だがむろん、異なる文明をもつ」

ヤンダル・ゾッグはいった。奇妙なことに、グインのその述懐をきいたときからまた、ヤンダルの気配が、しだいに遠くなってゆくのをグインは感じていた。あるいは、ヤンダル・ゾッグはキタイからはるばるとそのグインと古代機械の遭遇にひきよせられてうつし身ならぬ分身を飛ばしてきただけであったのかもしれなかった。

「この大宇宙にはそのような惑星《ほし》はいくらでもある。……しかもほかに、異次元と呼ばれる異なる世界までもあるのだそうだ。そして、それらは、かつて互いに戦いあったり、あるいは和平条約を結んだり、仲良く行き来したりしていた……」

ヤンダル・ゾッグの声が少しずつ遠くなってゆく。同時に《レムス》の目のその異様な真紅が少しづつうすれはじめていた。

「もどかしい。……お前を手に入れればあるいはと思っていたのだが——その考えはいまも決して変わりはせぬが——しかし、お前と古代機械の遭遇は十二分に劇的であったにもかかわらず、古代機械は《お前ではない》という答えを下したというのだな。……それが、解《げ》せぬ。というよりも……もどかしい。まるで、つかんでもつかんでもつかみきれぬ蜃気楼を追い求めているようなもどかしさだ。……結局のところわれの求めている解答はここではなく、ノスフェラスにあるものでしかないのか……」

「ノスフェラスだと……」

グインがようやく顔をあげたときだった。

ふっと、目のまえから、ヤンダル・ゾッグの気配はふたたび消滅し、レムスはグインのかけているディヴァンの反対側におかれている椅子に、ぐったりとなってもたれかかって目をとざしていた。

が、ほどもなく、はっと我にかえってあたりを見回すようだった。

「いって……しまった」

かよわい声でレムスはつぶやいた。

「あまり……何回も急激に出入りされると……こっちがもちやしない。まるきり、力だの人格だのの大きさや容量の違うものがぼくのなかに好き勝手に出入りするんですから……よく、これまで壊れないで持ちこたえてきたものだといまになって思いますよ……」

レムスはあえぐようにいうと、手をのばして、小卓の上におかれていたはちみつ酒の杯をさぐりあて、一気に飲んだ。

「ああ、ううっ、少し人心地がつくな。グイン、あなたもどうです」

「ああ、もらおう」

グインも杯をとって、ひと口飲んだ。それはたしかに、からだじゅうに精気をよみがえらせれてくれる効果があるようだった。

「一番肝心のいいところで乱暴におしのけられてしまった」

レムスは不平をもらした。

「最近は珍しいくらい、いきなり、徹底的にどけられてしまったので何もわからなかった。……頭のなかに何かが流れ込んできた、といったんですよね、あなたは、グイン。そして何か、わけのわからぬことを」

「それについては、たぶん、お前にいったところでしかたはないだろう」

グインは低く答えた。

「どうしてです。あなたまで……」

「お前を疎外しようとか、お前にいったところでしかたがないなどというつもりでそういっているのではない。誤解するな」

「……」

「ただ、それは……そう、それは、《俺》の問題にすぎぬのだ。——ほかのものがきいたところでどうにもならない。俺が求めている本当の俺自身、永遠の謎の解明——そんなものは、なんにせよお前が求めているものとは、あまりにも違うだろう」

「そうかな。……必ずしもそうでもないんじゃないかという気もしますけど」

レムスはそうして片づけられてしまったのがいくぶん不服そうであった。

だが、どうやらグインにはそれ以上語るつもりがまったくなさそうだと見て取ると、仕方なさそうに、いくぶんぐったりとしながら身をおこした。

「思わぬ時間をとってしまった。ただ、やはり古代機械とあなたはなんらかの関係があるとわかっただけでも、ぼくにとっても、ヤンダルにとっても非常に大きな収穫であったのは間違いない。……そう、あの機械があいうふうになるのを見たのはぼくははじめてだ。あれが……あれがそうなんですね。あの機械がすべて動いている、すべてよみがえって動いているときのありさまなんですね。……すごいものだな。ぶんぶんといまにもそのまま飛び立っていってしまいそうだった。ぼくなどあの入り口で阻まれているというのに。――どうしてなんだろう。ナリスが触ってもあの機械はああして、ああいう状態になるんだろうか」

「だがお前はあの機械でルードの森に移動したのだろう。そのときには、ああなっていたのではないのか」

「その後知ったことですけれどね」

ゆっくりとレムスはいった。

「リヤ大臣は……この国の重鎮のひとりであったけれど、本当はもういつのころかわからぬくらい昔から、もう、キタイの《種子》が植え込まれていたんですね。まあ、それも当然かもしれない……リヤ卿はパロでもっとも辣腕の外交官として、キタイにもいったことがあったし、クムにも――沿海州にも、いたるところに活発に出かけていた人でしたからね。……キタイにいったときにおそらく、そういうことになったのでしょうが――それを考えると息子のリーナスもね。で、それでリヤ卿は、モンゴールに襲われていよいよクリスタル・パレスが陥落というときに、ぼくたちふたりを、キタイへ送り込めというヤンダルからの指令を受けたんだ。……だけど、あの古代機械が……たぶん、自分で勝手にぼくたちをキタイに送り込むことを中止し……ルードの森に送ったんですよ。そう考えたら――ますます、さっきのあの一連のくだりは納得がゆくな。だって、そのルードの森にはなにがありました？　あなたがいたんだ、グイン。そして、グインのいてくれたおかげでぼくたちは無事アルゴスから帰国することができた。あの機械はあなたがあそこにいることを知っていた。もしかして、あなたをあそこに送り込んだ別の機械とあの機械がつながっていて、それが相談して、そうしたんだったとしてもぼくは驚きませんよ」

「そういうこともあるかもしれん。だがないかもしれん。それはわからぬな」

「いいですよ、ぼくが勝手に想像の翼をはばたかせているんですから。とにかくね、でもそれでリヤ大臣の陰謀は未然にはばまれ、ぼくたちはこうしてパロに戻った。それが良かったのか悪かったのか――そのためにパロの二粒の真珠と呼ばれた《聖双生児》はいまやふたつのパロをひきいて骨肉あいはむ戦いをくりひろげることとなったんだから

——正確にいえば、聖双生児がではありませんけれどね。そのかたわれと、もう一方の夫がだけれど」

「……」

「さあ、すっかり遅くなってしまいましたが、お望みの場所にご案内しましょう。リンダに会ってやって下さい。リンダもきっとさぞかし喜ぶでしょうよ……あなたがこんなところまで会いに来てくださったと知ったらね。もうあなたは、クリスタル・パレスの宮廷のようすもとくと御覧になったし、ぼくのうるわしい妻子ともご面会になった。そして、最大級の賓客として、古代機械という、パロの最高機密を観覧するというもてなしまで受けられたわけですよ。あと残るのはただもう……目的の彼女に会うことだけのはずですからね！」

「……」

いっときの沈んだようすが嘘のように、レムスの態度には何か奇妙なうわついたはしゃぎようのようなものが漂いはじめていた。

彼はまるでなにかをおそろしく興がっているかのように——自分にしかわからぬ冗談を興がっているかのようにみえた。また彼はうながした。

「さあゆきましょう。ここからリンダが住まっている白亜の塔まではいくらもありませんから、恐れいりますが歩いていただきますよ——必要とあれば空間をちょっと短くしてもいいし、また闇の回廊に入ってもいいですけれど、それも面倒くさいですしね！さあ、こうおいで下さい。リンダもおまちかねですよ！」

そのまま——

立ち上がって、レムスは室を出た。グインも、さきほどの衝撃がまだからだのそこかしこに残っている身をおこして、それに続いた。

ヤヌスの塔の扉を出るとあたりは、奇妙なことに、またしても微妙な変貌をとげていた。——それは、まるでごくふつうの夜にすぎないかのようにみえた。ひんやりとした夜の空気のなかには甘い、それでいて妙に香料っぽい青いロザリアの香りがした。

「ロザリア庭園が近いんですよ」

レムスは気がなさそうに説明した。

「だから、もっと近くによるとロザリアの香りでむせかえりそうになる。花なんか、ぼくは興味はないんですけれどね！——ロザリアには、魔をよせつけないための効果があるんだそうだけど、どうも真実とは思われないな」

「……」

かれらは、ゆらゆらと、まるでまもなくあけてゆくはずの明け方近い夜をさまよい歩く亡霊のように、ロザリアの香りのする夜気のなかを、石畳をふんで歩いていった。目のまえにそびえたつ瀟洒な王妃宮と、そしてその奥にある白亜の塔の美しいシルエットもう、あのねっとりとした究極の闇とはうってかわって、灰色の明け方を忍ばせたうす闇のなかにはっきりと見えていた。ロザリアの庭園とは違うけれども、ほとんど全部ロザリアばかりの植え込みが、王妃宮のまわりにもめぐらされていて、近づいてゆくほどにロザリアのかおりは強くなってゆくばかりだった。

「それにこの花のかおりは強いので——サルビオだの、アムネリアだの、余分な花のにおいを追い払ってくれるんです。その意味ではたしかに魔よけの効果があるといっていいのかもしれませんね！」

レムスはうす笑いした。レムスもようやく、落ち着きと、そして最初のころの得体の知れぬ皮肉っぽいうわてに出ようとする態度を取り戻したようだった。

相変わらず、庭園にも、宮殿の周辺にもまったく人影は見あたらなかったが、それでもまことの朝が近づいてきたためなのか、クリスタル・パレスはほんのちょっと人間らしさ、人間くささを全体にとりもどしつつあるようであった。前ほどに圧倒的な《魔》の領域の雰囲気はしなくなっていた。レムスは、王妃宮の横手の回廊から入ってゆき、白亜の塔へとグインを導いた。そのあいだ、まるで死に絶えた宮殿であるかのように——ある意味ではそれは事実だったのに違いないが——人っ子ひとり出会わなかった。

白亜の塔は文字どおり白亜で作られた、優美な白鳥のような塔である。そのなかに入ってゆくと、これまでとははっきりと違う、女性らしい——いかにも婦人部屋らしい、優美で優雅な雰囲気がすぐにかれらを包み込んだ。あちこちにまたしてもロザリアが山のように摘まれて巨大な花瓶にいけられてあり、それで白亜の塔に入ってからもやはり空気は甘く没薬じみたロザリアのかおりでいっぱいであった。白亜の塔の内部もしかし、青とごくうすいバラ色を基調にととのえられていたので、青いロザリアは非常にうつりがよかった。

「なんだか、女らしすぎておもはゆくなりそうだな」

レムスは評した。そして、ずかずかとマントをひるがえして、やはり無人のままの白亜の塔の玄関に入ってゆくと、そのまま階段をのぼっていった。

階段にも、バラ色の模様のあるじゅうたんがしきつめられており、階段の勾配はゆるかった。ぐるぐると塔をまわるようにしてあがってゆく階段を、三階分くらいあがると、レムスはゆっくりと足をとめ、踊り場でグインを立ち止まらせた。バラ色のじゅうたんを床の上にしきつめ、つきあたりの角々には優雅な白い女神像や可愛らしいトートの像などが飾られている踊り場である。扉のところには、奇妙なものが——犬《バウ》の頭をもつ兵士と、そしてお馴染みの竜頭の兵士が二人づつ、槍を手にしていかめしく、まるで彫像のように立っていた。この塔に入って——いや、そもそもあの仮面舞踏会の場を抜け出してから、牛男のラゴール以外はじめて会う生きた人間のすがたであったのに、それもまるで彫像にすぎないかのように非人間的にみえた。

かれらは無表情に槍をさしあげて国王を迎えた。レムスはうるさそうに手をふってかれらをさがらせ、そして扉をあけさせて、そのなかに入っていった。入ってゆくなりバラ色と白の色彩がかれらを包んだ——そこは、むせかえるほどに優美な婦人室であった。決してそんなに贅をつくしていたわけではないが、それでも充分に贅沢で、豪奢で優美であった。絵と花々と、雪花石膏の飾り物、美しいわに足のディヴァンの上になげだされた錦のかけ布——その足もとの、ぱんぱんにふくらんだ足おき、そういったもの全体が、すべてがここには高貴な美しい女性がいるのだと告げているかのようであった。

「おお、女くさい。うんざりして、めまいがしてきそうだ」

仏頂面でレムスは評した。

「ぼくはどうも……姉のこういうところが苦手なんですけれどね。いまだにどうしても馴れることができない。ロザリアとレースと宝石と錦と花々！——まあ、確かにその意味では、あの良人にぴったりな妻であるのかもしれないが」

婦人室には誰もいなかった。だがきれいに清潔にととのえられていて、ちりひとつ落ちてはいなかった。レムスは大股にそこを横切り、こんどは奥の扉をあけるとそこから上にあがっている、さっきの外側の階段とは違う室のなかの階段をあがっていった。

一階上にあがると、そこも小さな踊り場になっていて、二つの扉があった。どちらも美しい象嵌のほどこされた贅沢なものであり、しかも内側にレースがかかっているのが、のぞき窓をすかして見えた。レムスはその右側の扉の黄金の取ってをつかんで、無造作にひらいた。

「姉上。……どうです、誰がきてくれたと思います？　きっと想像もつきませんよ、どれほどびっくりされることか……そうでしょう。それはそうときょうのお加減はどうです？　しばらくこなかったけれど……」

「……」

何も云わなかったが、思わずその無礼さに鼻白んでグインはレムスをとどめたいかのように手をのばした。グインの常識では、リンダのような貴婦人にたいしてそんなふうに、前触れもなしにいきなり扉をあけて居室に入ってゆくなどというのはあるべからざるぶしつけであった。しかも、グインはおのれでも、ケイロニアのぶこつな、優美な礼儀作法などとは縁のない田舎者であると思っていたので、礼儀作法の本家本元のようなパロの、しかもその聖王家の姫君などといったら、たとえ囚人であったにしたところでこんなふうに扱われるというのはあまりにも非礼なのではないかと恥じられたのだ。

だが、レムスはつかつかと室のなかに歩み入っていった。

「何をしてるんです。グイン」

じれったげにレムスはいった。

「お待ちかねですよ、リンダは。……もうずっと会っていないのじゃありませんか。そんな遠慮はいらないんですよ。さあ、どうぞ入ってやって下さい。さあ！」

レムスにさらにいわれて、グインはためらいながら、ピンク色を基調にした、いかにも娘娘した感じの優美なせまい寝室に足をふみいれた。

が——

そのまま、はっと足をとめた。

「これは……」

にぶい声が、グインの口からもれた。

「死んでるのか？」

「まさか」

レムスはほとんど陽気なといっていいくらいな、上っ調子な声で答えた。ほとんど浮き浮きしているくらいだった。

「そんなわけがないじゃありませんか！　大事なぼくのねえさんを、ぼくがそんな！どうしてそんなことをするわけがありましょうか？　ただ——ただ、あまりにいろいろとね、彼女には……おこるものごとが難しすぎるし、大変すぎるし……それをうけとめかねているようだったので——それだったらいっそのこと、あの伝説の眠り姫のように、やすらかな眠りについていてもらうほうがいいと思っただけのことですよ！　そのほうが、彼女のさいごに見たあのつらい光景を思い出してくよくよとたえず嘆き、うちひしがれているよりずっと彼女の美しさをそこなわないだろうというヤンダルの判断でね！」

「なんだと……」

グインは息をのんだ。

バラ色の美しいびろうどの天蓋がかけられたベッド――天蓋の下に垂れ下がっているカーテンが優美に四隅のベッドの柱にしぼりあげられている、その豪奢なベッドのなかに、パロの王姉、クリスタル大公妃リンダ・アルディア・ジェイナは横たわっていた。

確かに、眠っているようだった。一瞬、つめたい動かぬ死体となりはてているのかと息をのませたものの、よくみれば、そのほほはやわらかくつややかなバラ色をおびたままであり、うすい布団をかけられた胸はまろやかにゆっくりと上下しており――そして、長いまつげがそのバラ色のほほに影を落とし、美しいプラチナ・ブロンドの髪の毛は天然の芸術品ででもあるかのような奇妙なあざやかなシルエットを作りながら、ほほと肩、そして胸の上部にまでふわりと乱れかかっていた。白いフリルとレースをふんだんにあしらった夜着をまとい、その上からバラ色のレースのガウンをかけて、そのままよこたえられ、白い枕に深く沈み込み、胸のなかばくらいまでバラ色のサテンの布団をかけられている。そのすがたは、一幅の絵のようにきれいで、あどけなく、そして清らかだった。

「リンダ……」

グインは、つぶやいた。それから、驚いたように目を見張った。その、リンダの足もとのほうに、小さなこんもりとしたふくらみがあったのだが、それは、セム族の少女スニであった。スニもまた、目をとじ、かわいらしいお仕着せを身にまとったまま、やすらかに眠っているようであった。

「いったい、どのくらいのあいだ、眠らされているのだ、リンダは？」

「さあ……一ヶ月か、二ヶ月か、もうもっとになるか……忘れてしまったなあ。あの、なんとかの森であのばかげた茶番劇、《アルド・ナリス御崩御！》がくりひろげられたあのときに、その声をきいて、失神して倒れたきり、この状態ですからね。……じっさい、ちょっとでもものを考える力があれば、本当にナリスがそうなったのだったら、もっといろいろなことがぐらぐらといっせいに崩壊していったり、動き出したりするだろうし——第一、ヤンダルがそんなことをさせるかどうか、ちょっとでも考えてみればわかるはずだと思うんだけど。……じっさい、わが姉ながら単純というか、あまりにも素朴なのはいいけれど、あまり知性的とはいえない人だと思うな」

「……」

グインは奇妙な目つきでレムスを見つめた。

それから、目をもどしてじっとリンダを見つめた。リンダは、何も知らず、眠っている——その眠りのなかには、悪夢のかげりも入り込まぬよう、ロザリアの香りが守っているのか、それともスニが夢のなかでも健気に護衛をつとめているのか、リンダのようすはすこやかで、ついさっき、ごくごく健全な夕べの眠りについたとしか見えなかった。

「何ヶ月ものも食べずに眠り続けていても、なんともないのか？」

「それは、ヤンダルの魔道の眠りですもの」

レムスは面白そうにグインの問いにこたえた。

「ちゃんとそういうところまで手をうってあるようですよ。というか、それが魔道なんでしょうね。どうやるんだか、そこまではぼくにはわからない——そのう、しものことだってどうなっているんだか、それもぼくにはさっぱり。あまり知りたいとも思いませんが。ただ、要するにこの二人の《時をとめてやった》とヤンダルは云っていましたからね……うん、あの仮面舞踏会の人々と同じようにね。ただ、あの連中よりはだいぶん、楽なかっこうで時を止めてもらっているということなんだろうけど」

「……………」

グインは、じっとリンダを見つめた。

と思ったとき、突然、彼は、身をひるがえして、つかつかと室から出ていこうとした。

あわてて、レムスはあとを追った。

「どうしたんです、グイン。……待ってください。こんどはどこへゆこうという——何をごらんになりたいんです？　ここは婦人室のなかなんだから……」

「俺の用はすんだ」

グインの返答はまことにきっぱりとしていた。

「俺は見たいものを見、知りたいことを知った。クリスタル・パレスにきた俺の用件はすべて終わった。……で、お前は、どうする？」

「どうする——とは？」

一瞬——

レムスはいくぶん困惑したように目をさまよわせた。

「どういうことです？」

「俺を、もとの北アルムのあの会合場所に送り届け、交渉を続行するか？　それとも、俺をこのクリスタル・パレスから出すな、生かしては決して逃がすなと、ヤンダルから命じられているのか？　ということだ。……俺の心は決まった。どうするかは云わぬ。が、心は決まった——お前がどうするかによっても、俺の行動は変わる。お前は、どうするつもりだ、レムス？」

第三話　紫の炎

1

「ええっ……」

一瞬、レムスはまたしても、助けをどこかに求めるかのように——それはあるいは、はるかなキタイに戻ってしまったヤンダル・ゾッグだったのかもしれないが——視線をさまよわせた。

「何といわれました」

時間をかせぎたいかのように、ゆっくりとくりかえす。

「もう、見るほどのものはすべて見たと……リンダを、御覧になったのでしょう？　彼女をあのままにしておいて大事ないと？」

「それを決めるのはお前だろう。彼女はお前の姉で、そして反逆者たるアルド・ナリスの妻だ」

グインのいらえはいたってそっけなかった。

「お前はこのまま彼女をどうしておくつもりなのだ？　こうして眠らせておいて、それがたとえ魔道の眠りであるにせよ、いつかは彼女の時をふたたび動かすのか、それとも決定的に止めてしまうのか、それを選ばなくてはならぬときになろう。まさかそれさえもさだめることなくヤンダル・ゾッグにいわれるがままにこうして彼女を深い眠りにつかせておいたのだとは、お前はよもやいうまいな」

「………」

レムスは何かを探すように目をきょろきょろさせた。グインは無造作に、戸口にむかって歩み寄った。

「俺は戻る。もう用はすんだ。ここには用はない」

「こ——古代機械をご覧になったでしょう、貴方は」

レムスが追いすがった。

「あれに、興味をお持ちになったはずです」

「興味をもったかどうかは俺の決めることだ。またその興味の持ちようはおのこと俺だけが決めることでしかない。俺はあいにくと、いま現在の俺にわからぬことは、そのままそっとしておくのが最良だと考えるたちでな」

「あなたは……あなたが入っていったらあの古代機械はあんなに反応したじゃありませ

んか。たぶん古代機械はあなたにはもっともっと秘密をあかし、その本当のはたらきを解明することだってあなたには可能なはずだ……」

「だからといってそれは、いまの俺に必要なことではないようだ」

グインの返答はまことにとりつくしまもないくらいきっぱりとしていた。

「お前は、いったいどのように考えていたのだ？——お前が、か、それともヤンダル・ゾッグがかは知らぬが。お前たちは、俺にあの古代機械を見せ、そしてリンダのこのすがたを見れば、俺が狼狽し、また深く関心をそそられて、それで一も二もなくお前たちの申し出をのんでここにとどまるだろうとでも予測をたてていたのか？」

「………」

レムスは図星をさされたくやしさを隠すかのようにそっぽをむいた。

グインはそっけなかった。

「だとしたら生憎だがそれはお前たちの見込み違いだ。俺は古代機械のためにも、リンダのためにもここにとどまったり、あるいは俺の交渉沙汰を影響されることはない。古代機械にはやすらかにヤヌスの塔の地下で眠りをむさぼらせておくがいい。時あって、ヤーンのさだめあらばそれはいまの世にふたたび動き出すだろう。俺はたしかにあの機械とは何かゆかりある世界からきたのかもしれぬが、いまの俺はただのケイロニアの豹頭王グイン——アキレウス大帝に剣を捧げ、ケイロニアとそして中原のために戦う者にすぎぬ。また、リンダは俺の友でもあり、それなりに情も感じてはいるが、それ以上に彼女はお前の姉であり、第一王位継承権者であるはずだ——それをどのようにお前が扱うか、それにたいして彼女の夫がどのようにふるまうかは、俺の関与するような問題ではなかろう」

「だけど——だけどグイン」

レムスは口走った。そして、グインの袖をつかんでおさえようとした。

「これは——これはぼくの勘違いだったたですか。貴方は……貴方はいつもリンダを非常に大切にしていた。貴方は……そのう、リンダに……興味があるのだとぼくは思っていた。……ぼくは、申し出ようと思っていたのですよ。もしも貴方がそうなさる気持があるというのなら、彼女を……か、彼女を貴方のものに——そのかわりに、彼女の名のみの良人たるアルド・ナリスをうつことを——いや、ヤンダルは、《生かしてとらえることを》と主張していますが——どちらにせよ、カレニアの反逆政府を……」

「なるほどな」

面白そうにグインはじっとレムスを見つめて、レムスを多少赤面させた。

「それがお前の最終的なもくろみであったというわけだ。……お前は、リンダを俺に与えることで、それが交渉の最終的な武器になると考えていたのだな。俺がかつて助けて故国に帰らせた彼女に対して感傷的な愛着を抱いているがゆえに、彼女のこのすがたをみれば当然彼女を助けたいと思うだろうと？」

「思わないのですか。かつて――かつてあなたは、ルードの森で……いや、ノスフェラスの砂漠でだったろうか、彼女に雇われ、彼女に剣を捧げたはずだ」

「あのときにはな。あれは永遠の忠誠を誓う剣の誓いとはまったく違う。あれは、彼女の傭兵として、役目がおわるまで彼女のために働く、という傭兵の契約だった。そして俺は契約どおり、彼女をアルゴスに送り届けた。それから長い月日が流れた。俺はおのれのあるじに剣を捧げ、おのれのただひとりと信じた女性にも剣を捧げた。それ以外に俺は捧げる剣を持たぬ」

「そのう……剣を捧げるか、どうか、というような……重大な問題ではないんですから……」

レムスはなんといって説得していいか、よくわからぬようにことばを探した。

「つまりその……いや、たとえ……彼女が王姉だろうが、ぼくの……ぼくの姉だろうが、パロの王女だろうが……それはまたおのずと別の問題であって……彼女をひとりの女性として、そのう、貴方が……欲したとすれば、それにたいして、つまり、ぼくは……」

「論外だな、レムス」

おだやかにグインはいった。さきほどのそっけなさはむしろ影をひそめていたが、それだけにいっそうレムスにはこたえたに違いない。

「それほどに、俺を見くびっていたか？　それともそれも、キタイの竜王が教えてくれたことか。おのれの姉をでも、贄にして、利用できるものはすべて利用して交渉ごとに勝てと」

「そ……そうではなくて、つまり——その……」

「俺がリンダにたいして常ならぬ感情を持っているとなぜ思ったのだ？」

グインはかすかに笑いを含んで、寝台の上によこたわって何も知らずに眠っているリンダをふりかえった。

「俺には最愛の妻がある。俺はお前のように、その妻をあえてキタイの竜王のえじきにしも、そのことを看過することもせぬ。また、俺が女性に剣を捧げるということは、その女性が生あるかぎり、決してほかの女性には剣を捧げぬということだ。……真の男児の剣は二本はない」

「グイン——そうではなくて、ですから、ぼくのいいたかったのは……その」

レムスの言語能力はようやく回復してきたようだった。レムスは、扉をあけて出ていってしまったグインについて、あわてて踊り場に出た。グインが階段を下りてゆくうしろから、なおも追いすがって説得をこころみる。

「ぼくは、ただ——つまり、彼女を……助けてほしかっただけです。彼女をあのような境遇から……ずっとああしておいたら、可愛想じゃありませんか、それに……」

「そうさせているのはお前ではないのか？」

冷ややかにグインはいった。レムスは激しく首をふった。

「ぼくじゃない。ぼくはリンダについてはいつも――ヤンダルがすることに当惑してばかりいたんだ。アルミナだってそうです。ぼくだって……ぼくはアモンを恐れているといったでしょう。ぼくだって、アルミナを愛していたし、その愛する妻にそんな……キタイの竜王の血筋の入った子供を――それもあんな怪物を……生ませるなどということを、ぼくが望んで、喜んで……」

「ならば、お前は、キタイ王の下僕であることから――キタイ王がそのからだを傀儡としてつかい、そのかわりに力を与えてくれているということから、脱出したいのか？」

ふいに――

グインは足をとめたので、レムスはそのグインのたくましい背中にぶつかるところだった。あわてて足をとめたレムスに、グインはふりむいてその顔をのぞきこんだ。レムスはおじけたようにあとずさった。

「グイン」

「ならば、お前は――いまのこの境遇から脱出したい、俺に助けてほしいと――リンダもろとも助けてほしいと真剣に望んでいるというのか？　それならば考えてやらぬでもないぞ――いま、ヤンダルはお前と俺のかわすことばをきいているのか？　それとも、お前はそのていどには、きゃつの監視から自由なのか？　それも俺にはわからぬが、また俺にはどうでもよいことだ。俺はヤンダルがここに同室していたとしても同じことをいうだけだ。……お前は、俺に助けてほしいと望むのか。お前はパロをキタイの支配から逃れさせたいのか。いずれアモン王子がパロの王となれば、パロはキタイの流れをひく暗黒王朝のいしずえが開かれ、いずれものの百年ばかりののちには完全にキタイの属国となるだろうとヤンダルはたくらんでいるのだろう。それを、いやしくもパロ聖王家の正当の聖王として、お前はどのように感じるのだ——カル＝モルの憑依にうち勝ち、ヤンダル・ゾッグによって力を得たと考えるお前は、パロがキタイの属国になってもそれはそれでかまわぬのか。それとも、本当のことをいえば、ヤンダルをキタイからしりぞけ、カレニア政府に勝利し、本当の意味の王権を手にいれたいと望んでいるのか」

「グイン……」

レムスは必死なまなざしになっていた。

追いつめられた子羊のように、グインを見上げる。だが、その紫色の瞳のなかには、確かに、これまでの彼にはなかった、なにかしら真実な苦悶の色あいとさえいってもいいものが芽生えかけていた。

「グイン、お願いです」

レムスはかよわい声で口走った。

「あなたには——強すぎ、自立していすぎる貴方にはわからない。……ぼくは……ぼくは自由じゃないんだ。ぼくの心は半分しかぼくのものじゃない。ぼくの判断が正しいかどうかなど、どうしてもうぼくにわかるはずがあるでしょうか。次の瞬間それはヤンダルに命じられてのぞみとは正反対の判断を下したのにすぎないとわかるかもしれない。あるいは、ぼくのなかのカル＝モルがぼくに働きかけているだけだとわかるかもしれない。もう、ぼくには何が何だかわからない。どこからどこまでがぼくの考えで、どこからがあやつられていて、どこからがそうしろという命令を頭のなかに忍び込まされただけのことなのか……もう、何が真実なのかなんて、ぼくには全然わからなくなってしまったんだ」

「それは、俺には、ひととして正しい姿だとも、幸福なすがただとも思えぬ。お前が、あの仮面舞踏会の広間の人々にしたようにな」

きっぱりとグインはいった。

「俺ははるかなノスフェラスで、一夜にしてほろびたカナンの悲劇をこの目で見聞きする機会を得た。……カナンのひとびとはさまざまな思いや約束や夢を残したまま、一夜にして消滅しなくてはならなくなり、かの地にはいまだにその思いが残っている。——ひとの思いとはそれほどの力をもつものであり、そしてたとえヤンダルにせよお前にせよ、そうしてひとびとの時を止めておく——リンダやほかの宮廷びとたちのな——権利もなければ、そのようなことをすれば当然いずれはそのせきとめられた時と思いの呪いとがおしよせてきてお前の上にふりかかる、と俺は信じている。……もしもお前がそこから逃れたいと望むのなら、俺はなんとかして力を貸してやりたいと思う。それはお前に友情を抱いているからでも、友達と思っているからでもない。かつてノスフェラスでお前たちの傭兵となったからでもない。ひとは、おのれ自身以外、誰の奴隷にもなるべきではないと信じる俺の信条からだ。……お前はヤンダル・ゾッグの傀儡となり、そしてクリスタルの人々はお前の傀儡となっている。どちらも、正しくないことだ。リンダをなぜ目覚めさせることができぬかといえば、目覚めさせればリンダを真実に直面させ、そしてそれがどのような結果を生むかお前は知っているからではないのか？　リンダは強く勇敢な娘だ——お前がそのようにヤンダルの支配を自ら受け入れて居ると知ったらさぞかしお前をさげすみ、断罪し、そしてもはやお前を頼らずおのれの手でパロを解放しようと必死になるだろう。お前は、それに直面せぬために、姉を眠りにつかせてしまったのではないのか？　眠ってさえいれば、彼女の怒りにも非難にもあわずにすむというう思いで？」

「……ほかに、しょうがなかったんだ」

レムスはあえぐようにいった。

「ぼくは何の力もなくて——本当です。これは本当のことですよ、グイン。いま、さいわいにヤンダルはこっちを見ているという気配を感じないからぼくはここぞと必死で本当のことをしゃべっている。そのことはあなただって感じるんでしょう？　あなたはそれは、簡単にぼくを責めるかもしれない。それは間違いだ、といえるかもしれない。だけどぼくにどうすることができたというんです？　ぼくはどうすればよかったというんです？　ぼくはただの生身の人間たちに対してさえ、立ち向かうことのできないかよわい国王だった。なぐさめてくれるのはただアルミナばかりだった。そのアルミナもパロ宮廷のみにくさや冷たさや意地悪さのなかでだんだん傷ついて暗い顔になってゆく。ぼくはといえば知らないあいだにカル＝モルに憑依され——そのことを人々にほのめかされたりしてもまったくどうしようもなくてただ腹をたてるばかりだった。そんなこと、ぼくのほうは夢にも知らなかったし——第一、ノスフェラスでカル＝モルなどにとりつかれたなんて、知るわけがないじゃありませんか？　そのうちに、ついにぼくも自分の脳のなかに、心のなかに、からだのなかに自分でない別の奇怪な怪物がいるってことに気がつかされたけれど、それにどれほどぼくが恐怖し、絶望したと思います？　誰よりも一番驚き、おののいたのはぼくだとは思いませんか？」

「それはそうだろうな」

グインはまたそっけなくいった。だが、非常に注意深く耳をかたむけていた証拠には、もう、レムスをふり払って歩み去ろうとするそぶりはみせなかった。

「でも、とにかく――ヤンダルはぼくに力をくれた。それはよこしまなものだったかもしれないし、許されないものだったかもしれない。でもとにかくヤンダルはぼくに力をくれたんです。それのおかげでぼくはこうして、国王として本当に――どれほど呪われた暗い宮廷をでも、はじめて統御し、思いのままにできるようになった……」

「だから、それが、お前の間違いだというのだ」

グインは激しく云った。

「あのようなでく人形と化した人々、あれは宮廷でもなんでもない。あれはただの人形遊びでしかないのだぞ」

「あなたは、誰にだって心服され、そうでなければ剣をもって征服するだけの強さと偉大さとその図体を持ってたんじゃないか！」

レムスは激昂して叫んだ。

「だから、あなたは何だって出来た。なんだってたやすく得ることができた。だからあなたにはわかりゃしないんだ。あなたにはぼくの気持なんかわからない、わかるものか。たとえヤンダルのくれた力がどれほどよこしまな、暗黒なものだって、それによってぼくは生まれてはじめて力を得たんだ。ぼくは力が欲しかった。たとえどんなことをしてでも力が欲しかったんだ。ぼくがパロ国王として、やってゆけるだけの力――権力でも魔力でも現実の暴力でもなんでもいい。人々すべてを、ぼくをばかにし、あなどっている人々すべてをひざまづかせる力が欲しかっただけだ。たとえアルミナを犠牲にしてでも、パロそのものをさえ犠牲にしてでも！」

「……」

グインは、あわれむようにじっとレムスを見つめた。

「お前は、とんでもない間違いをしでかしたのだな」

しみじみと彼はレムスを見つめたまま、気の毒そうに云った。

「そのためにもっとも困難そうにみえて実はもっとも単純明快であるただひとつの道を選ぶかわりに、お前はもっとも簡単明瞭でしかも強力にみえて、もっとも暗黒な落とし穴であるような道を選んでしまったのだな。……そして本当は、お前もおそらくその結果にとまどい、苦しみ、悩んでいるのだろう、違うのか。お前が望んでいたのは本当にこんな宮廷か。お前の知っていたクリスタル・パレス、クリスタルの都、そしてパロの国とはこんなものではなかったはずだ。お前がおさめたいと願っていたのはあんな、いつわりの人形たちの茶番の宮廷か。そうではないはずだ」

「そうじゃない。確かにそんなつもりじゃなかった。でもじゃあどうすれば望んだものが手に入ったというんです。ぼくには……ぼくには何もない。ひとをひきつける魅力もない。ただ聖王家の血筋などというあやふやなものがあるばかりで、何の力もない。軍隊だって……軍隊だって、いつまで聖王だというだけでぼくのいうことをきいてるかなんてわかったもんじゃない。どうすればよかったのか、どうすればいいのか、教えてください、グイン、いまからでも、お偉いあなたにならできるというんなら！　ぼくは最初から、ただの十四歳の小僧にすぎなかった。ほかの王子たちがまだ安閑と親たちの庇護のもとでまどろみながら帝王学を学んでいるときに、ぼくのことをばかにしてる姉とたったふたり、あの広大なルードの森とそしてノスフェラスに放り出されたんだ。知らないあいだにカル＝モルに憑依され——そして、かろうじて帰ってきてもずっと、国を取り戻したのは本当はナリスなんだ、ぼくは何もしなかったんだ、といううしろ指をさされつづけた。ぼくには何の力もなかった！　ヤンダルは力をくれたんですよ、同じことがあなたにできるんですか！」

いくぶん悲しげに、グインはいった。

「出来ぬよ、レムス」

「俺にできるのはただ、もしもお前がここから逃れたい、とまことに望んでいるというのだったら、なんとかして力をかそう、と約束することだけだ。……だがそのためにはおそらくお前は、ヤンダルのくれた力をもカル＝モルのくれた強さをも、失わなくてはならぬ、つまりはもともとのお前ひとり、裸のお前ひとりに戻らなくてはならぬということだ。……そして、そのもともとのお前、パロの聖王レムスただひとりとして力を手にいれるすべを、あるいは手にいれるのではなくおのれのなかにあった力を見出すすべを知らなくてはならないのだということだ。もしもお前にそれが出来るのなら……あるいはそうしたいと望むだけの真実を持っているのであったら……お前は、パロの王たるにふさわしいとそのときこそまことに云われるようになるだろうにな」

「そんなのは、ことばだ、ことばだけですよ！」

　レムスは、古いおとぎ話のあの逆上した小人のように叫んだ。

「みんな同じようなありがたいお説教ならどれだけきかせてくれたかわかりゃしない！　そんなことをいって、だけど誰もぼくの本当の気持ちなんかわかりも考えてもくれやしなかったんだ。自分で自分の道を切り開け、自分以外のものを頼るな、自分自身が王の座にふさわしくあれ——みんなそういったですとも！　あの馬鹿のルナンだって、ナリスだって、誰もかれもがね！　ありとあらゆる言い方で、失意に沈んでいるぼくにそうはげましてくれたり、罵ったり、非難したりしましたとも！　だけど、本当の力をぼくにくれることができたのはヤンダルだけだった。本当に、ぼくに本当に有効な力をくれることができ、またそうしてくれたのはただヤンダルだけだったんだ！　ぼくが、それを頼ったとしてもどうしてぼくが責められなくてはならないんです？　もしもあのときヤンダルにとりつかれていなかったらぼくはたぶんとっくに気がふれるか絶望して自殺するか、失望のあまり衰弱して死んでしまうかしていただろうし——といってあのときまた、もしもヤンダルをぼくのからだが拒みとおしていたとしたら、やっぱりぼくはあっさり殺されてヤンダルの望むようなゾンビーそのものにかえられていたにちがいない。あなたたちはいつだって、遠くから、自分の考えに都合よくきれいごとばかりいうけれど、本当のぼくの気持など何ひとつ考えても、わかってもくれやしないんだ！」

「餓鬼だな、小僧」

グインは云った。はっとしたようにレムスは口をつぐみ、グインの爛々と光っている目を見つめた。いくぶん、その目のなかには怯えの色があった。

「何……」

「餓鬼だな、といったのだ。お前はまだ若い、お前が餓鬼であったところでそれは当然かもしれん。だが国王がそうであるのはそれは罪だ。レムス、おのれが小僧であるのは仕方がない。力がないものを責めようとは俺は思わぬ。だが、そのおのれの無力に甘んじて、おのれの国をあやうくし、おのれの姉をあのようなありさまにし、そしておのれの宮廷をあのようなカナンの石像に変えてしまうような愚かな王は、おらぬほうがましだ。どうあってもおのれの力でそこから抜け出す力も意志もないのであったら、永久にそこにいるがいい。俺はお前に用はない」

「グイン！」

グインの冷徹なことばをきいて、レムスの血相がかわった。

「グイン、ぼくのいうことにはそれほど何の価値もないというんですか！」

「少なくともいまのようなごたくを並べているのならな、レムス、そのとおりだ。ヤンダルと話すほうがまだマシだ。どけ、俺はここを出る。それを阻止する気ならしてみるがいい。部下どもが心配している、俺は北アルムに戻る」

「出られませんよ」

レムスはあえぎながらいった。

「ぼくの案内なしでここから出ることはできやしませんよ！　どうやってここにきたか忘れたんですか。あの闇の回廊を、魔道師でもないあなた一人でどうやって戻れるというんですか。クリスタル・パレスのこの最強の結界を、どうやって破れるというんですか、単身で！」

「どうやってかは知らん。俺はただ、やってみるだけだ。それが大人の男、一人前の戦士のやることだ。四の五のやる前からさわぐのは餓鬼のすることだ——だからお前はついに餓鬼のまま餓鬼の落ちる地獄に堕ちることを選んでしまったのだというのだ」

「グイン、だから、ぼくを助けてほしいといっているのじゃないですか！」

レムスはいまいちど、さいごの説得をこころみた。その顔は蒼白になっていたが、その目は異様に燃え上がっていた。

「ぼくの話をきいて下さい。ぼくに機会を下さい！　ぼくだって、どうしていいかわからないからあなたにすがりたいといってるのじゃないですか！」

2

「俺には出来ることと出来ないことがある。これは俺にはどうすることもできん」

だが、グインのいらえはいたってそっけなかった。

「お前が助かりたいと思うのなら、助けてやろうと思わぬわけではない。だがお前の助かりたい方法というのは、ヤンダルからもらったそのふらちな力は持ったままで、ヤンダルの呪縛からは逃れたい、というのだろう。それは、不可能だ。ヤンダルからもらった力はヤンダルのものだ。お前はそれをわけもなく彼から与えられた。そのかわり、お前はきわめて多くのものを——パロ宮廷そのものの自由と時をさえ、彼に支払ってしまったのだ。そのことを認めることさえできぬのなら、どうしてヤンダルから自由になることができる。……お前は、本当に馬鹿な餓鬼だな、レムス。もうちょっとは、ましなところもあるやつだと思っていたが、いまの話をきいていて、はっきりとわかった。カル＝モルがお前にとりついたのは、お前のなかの暗黒がひきよせたわけじゃない。お前のその弱さと人頼み、そして餓鬼のままでいようとする甘えがその隙になったのだ」

「だったとしても！」

必死にレムスはくいさがった。

「だったとしても、ぼくは……すくなくとも本当にヤンダルの呪縛からは逃れたいと願っているんだ！　そしてあなたはそれなら力を貸してやろうといってくれた！　そうじゃないんですか、グイン！」

「なぜ、どこにいてもどのようなささやき声でおのれの名がいわれることさえ聞きつけるヤンダルが、お前がそうしておのれから逃れたいと公然と叫んでいるのを見逃していっこうにここにあらわれてこぬのだと思う、レムス」

グインはうんざりしたようにいった。

「それは、お前がそのようであるかぎり、お前が俺の心を動かせることは決してなく、そしてまた、お前のそういう甘えたことばをきいているかぎり、お前が本当におのれの与えた陰惨な恩恵から真剣に脱してすべてを捨ててでもパロの自立を取り戻そうとする、などということはありえないと、はっきりと見定めているからなのだぞ。お前は、ヤンダルにも、見くびられているのだ。それがわからんのか」

「わかりますとも」

激昂してレムスはいった。

「ぼくはいつだって、誰にだってそうやって見くびられてきた。だからこそ、ぼくはそれくらいなら世界じゅうに恐れられるほどになってやろうと思った。そしてぼくはいまではクリスタル・パレスに君臨している。そしてすべての人間の生殺与奪の権を握り、そして……」

「すべての人間を人形に変えてしまい、それを動かす人形遊びをしているだけのことだ。しかもそれさえも、ヤンダルの力をかりてな」

そっけなく、グインは言い捨てた。

「お前はいずれにせよ遠からずパロを滅ぼすだろう。ヤンダルが手をひいたとしても、お前がそのようであるかぎり、パロは滅びざるを得ぬだろうな。もうよい、わかった。俺はさっきもいった、ここには用はない。俺はここから出てゆく。どけ」

「竜騎兵を呼びますよ」

「呼ぶがいい。俺はなんとも思わぬ」

「いくらあなたが英雄でも、単身であの怪物どもに……」

「口で四の五のいっているあいだにとっとと何百人でも護衛でも、騎士たちをでも呼べ、小僧」

グインはすたすたと歩いて扉にむかった。レムスは一瞬、おそろしい苦悶に迫られたように両拳をにぎりしめ、迷った——そして、たまりかねたように何か叫ぼうとした。が。その叫び声が口をついて出るよりも早く。

「ああっ」

別の低い叫び声が、レムスの口からほとばしった！

「な――なんで！」

グインはするどくふりかえった。

そして、はっとグインもまた、身をかたくした。

かれらはリンダの寝室を出て、階段を下り、下の踊り場に立っていた。その、階段の上のところに――白い、ふわりとしたすがたが、まぼろしのように立っていた！

「リンダ」

い、
信じがたい亡霊をでも見たかのように――事実そうだったには違いないが――レムスは茫然と口走った。

「リンダ。――なんで……な、なんで……」

「グイン」

リンダは、レムスを見てはいなかった。

そのスミレ色の瞳は、まだ深い深い夢のなかにいる人のようにうっとりと見開かれ、そしてひたすら、グインだけを見下ろしていた。その美しいスミレ色の目のなかに、ちいさくグインの豹頭がうつっていた。

「グイン。……迎えにきてくれたのね。待っていたのよ」

やわらかな——そして、まだ本当に眠りのなかのうわごとのようなひびきの声であった。

「なんて長いこと私は待っていたのかしら。あなたを……さあ、私を連れていって。お願いよ……私をあのひとのところに連れていって。あのひとが待っているの。私、夢で見たの。あのひとが……待っているのよ」

「リンダ」

グインは、世にも奇妙なものを見たかのように、じっとリンダを見つめていた。

リンダは、レムスのことばどおり何ヶ月も魔道の眠りにつかされていたなどとは、まったく信じられぬほど、いつものままで、ほほもなめらかに美しく、どこにも衰弱したようすも、苦しそうなようすもなかった。が、なんとなく全体が、夢のなかから抜けられぬもののようにぼんやりとしていた。いつもならばもっと明るい生命の輝きをはっきりとやどしている彼女の美貌は、全体にかすみのヴェールをかぶせたようにもやっていた。

「どうして……どうして目をさまし……」

レムスは信じられぬようすで口走った。

「どうして……ヤンダルの魔道が……どうして……」

「リンダ」

グインはレムスのことばになど、耳もかそうとしてはいなかった。彼は、いきなり、レムスをつきのけ、三段とばしに階段をかけあがった。

「リンダ！」

「グイン」

リンダの目は、ぼんやりとはしていたが、しかし、意識そのものがはっきりしていることは確かなようだった。その目がグインを正面からとらえてまたたいた。

「お願い、早く。……私と……おお、そう、スニも一緒に……連れていって。お願いよ。時間がないの……ろうそくのあかりが、消えようとしているわ……守らなくては。あなただけが頼りなのよ。世界はあなただけを……」

「それは、予知か。リンダ」

するどく、グインはたずねた。そして、手をのばして、まるで怖しいものにでもふれるようにリンダのかぼそい肩にそっと手をふれた。

グインの手がふれると、リンダのからだは風にふかれる花のようにふわりとゆらいだ。

「予知……」

暁のスミレ色の瞳がぼんやりとまたたく。

「そう、予知……世界がかわるときが迫っている。急いで……ここから出なくてはならない。スニと一緒に……私は行かなくてはならないの。私はたどりつかなくてはならないの」

「どこにだ。リンダ。どこに」

「これは、、、、、アウラのさだめたまいしこと」

はっきりとした口調でリンダはいった。

「おのが道をゆき、おのがなすべきことをなせ、豹頭の追放者よ。お前の牙はお前に続くだろう。道が開けるとき、お前はあらたな運命を知る。さあ、行くのだ。アウラのことばを伝える者とともに」

「アウラ……」

グインはなんともいいようのない目で、じっとリンダを見つめた。

それから、力強くうなづいた。

「お前とスニをつれて、ここから出るのだな。わかった」

「グ、イ、ン！」

驚愕した、レムスの叫びが、グインの耳を打った。

「どうするつもりなんだ！　一体全体、何を——ばかなことを考えているんだ！　リンダをはなせ。どうするつもりなんだ……いったい、何を……」

グインは、もう、レムスになど、目もくれなかった。

そのまま、リンダをひょいとたくましい両腕にすくい上げると、そのまま寝室に飛び込んでいった。スニはまだ、そのベッドの上でこんこんと眠っていた。グインは一瞬考え——それから、びりびりと寝室のカーテンをひきさき、それを紐にしてスニの小さなからだをおのれの背中にくくりつけた。

「リンダ、お前は歩けるのか」

「私はあなたの望むところにゆく」

「よし。わかった。歩けなくなれば俺が抱えてゆくしかないな」

グインは、いくぶんこころもとなさそうにリンダのようすをみたが、そのまま、リンダの手首をつかみ、その寝室を走り出た。リンダは水にただよう水草のように、ふわりとレースの上着をなびかせてグインの手にひかれるままにあとをついてきた。

レムスはすでに踊り場の下にいなかった。そこは誰もいなかった。レムスが援軍をよびに出ていったのだろうとグインは察した。そのまま、リンダをふりかえる。

「ここを出る一番いい道はわかるか。さきほどレムスに案内されて奇妙な、闇の回廊とかいう道を通ってきた。それを使うしか方法はないのか」

「闇の回廊を通ってはいけない、グイン」

リンダの声は、相変わらず、リンダのものであってそうでないかのような、奇妙な無機質なひびきをたたえていた。

「暁の妃を闇から出すために、闇の回廊には戻ってはいけない。道はおのずとお前のなかにひらける。それを信じてまっすぐにゆけ。お前は道を知っているのだ」

「俺が知っているのか。俺の直感どおりにすすめばよいということなのだな」

「そうよ、グイン」

「よし、わかった。ついてこい」

グインは、リンダの肩をしっかりと抱き寄せて庇いながら、背中にスニを背負い、白亜の塔の一番下まで降りていった。そのあいだ、誰一人として出てくるものも、そのすすむのをさまたげようとするものもなかったが、一番下のかなり広い踊り場まで降りてゆくと、そこに、最前にはリンダのすまいの外側で扉を警備していたあの竜頭の兵士と、そして犬の頭の兵士とが、これはごくふつうの人間のすがたかたちをもつ兵士たちをそれぞれ数人づつ連れて、しっかりと扉をかためているのが目にはいった。かれらは、すでに剣をぬきはなち、グインたちが降りてくるのをいまや遅しと待ちかまえていたふうだった。グインはリンダをうしろに押しやった。

「どいていろ。きゃつらはお前には危害を加えることはないだろうが、扉のうしろにまだおそらく援軍がかなりいるだろう。血路を開く。俺がよんだらすぐおりてこい」

「わかったわ」

それしか、リンダは云わなかった。

やはり、リンダが、本当に目がさめているのか、それともなにものかに憑依されているのかはわからぬままであったが、グインはもう気にしなかった。彼は何もいわず、気づいてスニをおろしてリンダのかたわらによこたえると、腰の大剣をひきぬいた。そしてひと声「ガーッ！」と吼えるなり、ものも云わず扉をかためる衛兵たちにむかって突進した。

ほとんど、戦いにもならぬ戦いであった。技倆と、そしてパワーそのものにあまりにも圧倒的な差異があったのだ。グインは飛び込んでゆくと同時に左右に切り払って、犬頭の兵士のその犬頭を切り飛ばした。奇妙にあざやかな青い血が吹きだしてくる。そのうしろから健気にかかってくる人間の雑兵たちを、グインは無造作に切り倒し、蹴散らし、足をあげて蹴り飛ばした。竜兵たちはぶきみなうろこだらけの顔に、緑色の目をじっとグインの戦いぶりにむけながら、あえて参戦しようとせずにずっとそのようすを見守っていた。グインがあっさりと、五分《タルザン》もかからずに、二人の犬騎士と十人弱の兵士たちを切り倒してしまうのを見守ってから、やおら槍をしごきながら進み出る。が、グインはそれがこちらにかかってくるのを待ってはいなかった。さいごの雑兵を切り倒すなり、その血刀をひっさげて自ら竜騎士たちの手元に飛び込んでいった。はっと槍をとりなおそうとする竜騎士のひとりのふところに飛び込んで槍をぐいとひき、思い切り切り上げると槍は二つに折れて飛んだ。次の刹那、グインの大剣が思い切り上から切り下げて竜の頭を一刀両断していた。かえす刀で、グインは槍をしごいてつきかかってくる

もうひとりの攻撃をはらいのけ、ガッと竜の口をあいて第二撃を繰り出してくるそやつの首をねらって剣をくりだした。ついてくる槍を左手でつかみ、ひねりあげざま、太いうろこのついた首をつきさす。だが、うろこは見た目よりずっと固かった。剣先がすべると見るなりグインはその剣をひいて、竜騎士の目に容赦なくその剣をつきさした。

すさまじい絶叫とともに騎士が槍をはなして倒れ込んだ。それをすかさずグインは馬乗りになって首を押し切った。すばやく剣の血をぬぐってさやにおさめ、階段のところにかけもどり、スニを背負う。

「さあ、ついてこい」

云いざまに、リンダをまたかばいながら、階段をかけおりて、白亜の塔の扉をあける。甘いロザリアの香りがいきなりかれらをとりかこんだ――同時に、おびただしい数の兵士のすがたが。ほとんどが国王騎士団のよろいかぶとをつけた人間であったが、隊長クラスはすべて竜騎士であった。その数、ロザリアの庭園前後までも埋め尽くして、五百は下らぬかと思われた。

ちょっとはなれたところに、空中にレムスが浮かんでいた。そのおもてには、あざけるような笑いが浮かんでいた。

「どうやってここを出る気なのかと云ったでしょう、グイン」

レムスは冷笑した。

「いくらあなたが勇者でも、これだけの包囲をただひとり切り抜けることはできまい。しかもその小猿とリンダを連れてね。さあ、剣をすてて……」

「ほざくな。わっぱ」

グインは剣をぬいた。

が、そのとき、リンダがグインを制した。

「その剣を貸して。早く」

グインはひとことも云わずにしたがった。リンダはグインの渡した剣をいきなりさかさにもつとおのれの首にあてた。

「リンダ」

レムスが驚愕の声をたてた。

「何をする」

「そこをおどき。私はクリスタル大公妃、いえ、私はパロ聖王、カレニア王アルド・ナリスの王妃リンダ・アルディア・ジェイナ、私は自分の王国に帰る。そこをおどき、お前たちもパロの国民ならば、私に手をかけることは許さぬ」

リンダは、おのれの首にあてた剣をつよくにぎりしめた。

「お前たちが邪魔立てすれば私はこの場でみずからのいのちをたち、魂魄となっておのれの王国に帰る。どけ、下郎ども。——偽りのパロ王レムス」

リンダのスミレ色の――だがいまは激しい紫の炎となって燃え上がっている瞳がまっすぐにレムスをとらえた。

「もはやお前は弟でもない、わが国王でもない。二度とお前を弟とは呼ばぬ」

リンダは云った。その澄んだ声は、朝まだきのロザリアの園にふしぎないんいんとしたひびきをもって流れていった。兵士たちは身動きもせずそのようすを見つめているばかりだった。

「お前も二度とわれを姉と呼ぶな。血縁のきずなはこの手でいま切った。私はカレニア王妃、理不尽な幽閉にはもはや屈さぬ」

「姉上！」

レムスは叫んだ。リンダはまっすぐに、おもてをあげ、ためらいなく、そこに群れている兵士たちのなかに歩み入っていった。

「グイン。スニをつれて、ついてきて。私からはなれないで」

「わかった」

グインは即座にいわれたとおりにした。リンダは、おのれの首に剣をあて、ほんのわずかでもふれようとのばしてくる手があれば、ただちにおのれの首をおのれではねんばかりの気概をみなぎらせて、そのかぼそい足をしっかりとふみしめてロザリアのかおりの中を歩いていった。彼女が歩いてゆくと、目にみえて動揺が兵士たちのあいだに走り、兵士たちはまっぷたつに割れて、まるであの美女アイモスのせつなる願いをいれて二つに割れて愛人を救いにむかう彼女を通したという割れた海の神話のように彼女を通した。レムスは空中にうかんだまま、どうしてよいか判断に迷うようすだった。

「リンダ！」

もういちど、レムスは叫んだ。だがその声はかなり確信を欠いたものになっているのが感じられた。

「自分のいのちを人質にとったつもりですか。そんなことをしても、ここはともかくこの先へは……ここがどこだかわかっているんですか。リンダ、無茶をしないで。そもそもあなたは、まだあの人の魔道で本当は眠っているままのはずなんだから……何かが、あなたをよほど強く動かして目覚めさせたのか、それとも……でも、それだって……」

レムスの声に耳もかさぬまま、リンダは大股に歩いてゆく。

グインはスニを背負ったままぴったりとそれについて歩いていった。小さなスニはごく軽く、グインの怪力には、まるで羽根の袋をひとつかついだくらいにしか感じられなかった。

「姉上」

レムスが声をするどくした。

「そんな馬鹿なやりかたがどこまで続くと思ってるんだ。怪我をしないうちにもとの白亜の塔に戻ったほうがいい。こやつらはぼくが何も命令を下さないからそのままでいるが、もしいまぼくがひとこと云いさえすれば、あなたはただちに引き裂かれ……」

「そうすればいい」

誇り高く頭をあげて、リンダはしずかにいった。そのあいだも足はとまらなかった。

「私はいった。お前が私を殺せば、それとも私がみずからいのちをたてば、私は魂魄となってわが望むところにかえると。さあ、兵士たちに命じるがいい。パロの第一王位継承権者をうてと。それによってお前がもしもまことの暗黒王朝のいしずえを手にいれるのならそれもいいだろう」

「リンダ」

レムスはどうしていいかわからぬようにあたりを見回した——どこかから、誰か——おそらくはヤンダル・ゾッグ——の助け舟がおちてこないものかと待っているようなようすだった。

「本当にぼくにやらせたいんですか。ぼくは……あなたを決してここから逃してはいけないと……クリスタル・パレスにとどまらせよと命じられているんだ。ぼくは」

「パロ聖王はヤヌス神以外の者には決して命令は受けぬ」

リンダは首をねじまげ、ふりかえって空中に浮かんでいるレムスを見上げた。かつてはパロのふたつぶの真珠とよばれ、見分けがつかぬほどにうりふたつであるとよばれていた双生児の目があった。

「誰かに命令を受けてそれに従うことがあるのなら、お前はそれだけですでにもはやパロ聖王ではない。いやしい、なにものかのしもべにほかならぬ。さあ、道をあけなさい——私はクリスタル・パレスを出るのです」

「竜王を呼ぶぞ」

レムスがおどした。

「あの人がキタイにいて気づかないと思っているのなら大間違いだ。あの人はいつだって何でも見ている。呼ぶぞ。あの人を呼んだら、あなたなんか……」

「なんでも、したいようにしたらいい」

リンダは昂然と答えた。そして、ますます、銀色の頭を誇り高くもたげた。

「あなたは、自分を自分で人質にとってるつもりなんですか」

レムスが声を荒らげた。

「だったら、《宮廷一しとやかな貴婦人》だの、《貴婦人の中の貴婦人》だのとさんざんにうるわしい称号を与えられていた聖王家の貴婦人とも思われぬ蛮勇ぶりというものだな。それに、それほどに自分のいのちに値打ちがあると思っているんですか——確かにあなたはまだ第一王位継承権者だが、同時に反逆者クリスタル大公の妻でもある。いつでも、その王位継承権は剝奪できる理由があるんだし、第一いまはアモンという王太子がいる——正式のお披露目がすみ、アモンが国民に披露されれば、あなたの王位継承権はなくなるか、順位が下がるか……いずれにせよ、たいした値打ちのないものになるんですよ。そのことはわかっているんですか」

「私はなんだってわかってるわ。レムス」

リンダのあけぼののスミレ色の目が、冷たい侮蔑の光をおびておのれの弟を見返した。

「どうして早くこうしなかったのか私にはわからない。きっとなにかが私の判断力を狂わせて停止させていたのだ。それとも、グインがきてくれたから、私が私であることが私に戻ってきたのかもしれない。そう、私は私のいまもっているただひとつのもの、私のいのちを人質に、たてにとってここから脱出しようとしている。アドリアンを連れてきなさい。そして私とともに脱出できるよう、馬車をひとつ用意するのよ。でなければ私はここでみずから首を切り落として死ぬ。誰にも止めさせない。このままお前のいいなりに幽閉されているほどなら、私はここで死んで、私の夫の足をひっぱる重荷、厄介者となりつづけることを終わらせるわ。どちらにしても私にとっては悪い選択じゃない。死ぬのなんか怖くない。あの塔のなかでずっと生きたままとじこめられて生き腐れているのだったら、ここで死ぬほうがどれだけかマシよ。グイン、もし私がここでいのちをおとしたらせめてスニだけはなんとかしてこの呪われた宮廷の外に出してやって」

「わかった」

としかグインは云わなかった。

リンダはレムスをにらみつけた。

「さあ、馬車を用意して、アドリアンを解放してここに連れてきなさい。お前がたばかってとじこめたものたち全員を本当は自由にしてやりたいところだけれど、それだけのひまはいまはない、いまにきっとでも、パロの小女王とかつて呼ばれたこの私が、クリスタル・パレスをあるべき正常なすがたに戻してみせるわ。さあ、早く。いくつ数えるうちにしてほしい？　かりそめにも同じ父母から生まれ、ひとたびは姉と弟と呼び合った身を考えて、一回だけ、機会をあげるわ。いますぐにお前が心をいれかえて私とともにここを出るというのなら、お前はまだ私の大事な双子の弟よ、レムス」

3

「何をいってるんだか……」

レムスはうめくようにいった。

「まったく正気の沙汰とも思えない。結局あなたもやっぱり反逆者にたぶらかされて気がふれてしまっているんだ。もうしかたない。部下たちに、その貴いおからだに手をかけ、錯乱した第一王位継承権者をとりおさえるよう、命令するほかはない。怪我のないようにとは命令しますが、まったく無傷かどうかという保証はできませんよ……」

「私のいうことがわかってないみたいね」

リンダは怒鳴った。

「いますぐアドリアンをつれてきて、馬車を一台用意するのよ。私とグインとスニとアドリアンが乗れるだけ大きなものをよ。さあ、どうするの。……それとも、これほどはっきりいわれてもまだ決断ができなくてぐずぐずとばかなことをいっているつもりなの。ならいいわ。私は気が短いのよ」

リンダはおのれの細い首にあてがった剣の刃に、ぐっと力をこめて首にめりこませた。レムスは気弱そうに思わず目をそらした。

一瞬、沈黙があたりを支配した。ふたてにわかれてリンダからなるべくはなれようとするかのように白亜の塔の前の広場を埋め尽くしている兵士たちは、それもなかばは竜王の魔道に脳を支配されているのか、じっとうなだれたまま命令を待っているだけである。どこからも、何の天の声もあらわれる気配はなかった——それとも、レムスの頭脳のなかにだけは、あったのだろうか。

レムスは、ふいに、すいと地上に舞い降りた。

「わかりましたよ」

いくぶんいまいましげにいう。

「ぼくの負けだ。少なくともここでは、いまのところはね。あなたは本当にいのちがけで、ぼくはまだ、第一王位継承権者に死なれては困る以上、第一王位継承権者を人質にとられたら、ぼくとしては降伏せざるを得ない。……もう、あなた自身の王位継承権は問題ではなくても……少なくともパロ国民の信望はまだあなたの上にありますし、アモンは……生まれてまだそのう、二ヶ月しかたっていないわけだし……いつどうやってお披露目したものかと、ずっと考えているような段階ですしね」

おまけに、それが、生まれて二ヶ月でもうすでに十歳にみえるほどの成長をとげてしまっているような怪物ときてはなおのこと、どうやって国民にお披露目すればいいのかわからぬのは当然だろう――そう、グインはひそかに思ったが、あえて何もいわなかった。

「しょうがないな。……わかりましたよ。じゃあ、アドリアン子爵を連れてくるよう命じますからちょっと待ってください。それに、馬車ですね。まさか、カレニア王の紋章を打ったやつだの、馬は葦毛がいいだの、いろいろと注文はなさらないんでしょうね。第一そのケイロニアの豹をのせるほど大きな馬車なんて、そうそうかんたんに持ってこられるもんじゃないですよ。……さあ、いま命じましたから、ちょっと待ってて」

　レムスはしかたなさそうに肩をすぼめた。

「これでぼくはヤンダルにひどい目にあわされることになりそうだ」

　彼はぶつぶついった。

「今度こそもう、お前はものの役に立たんといって消されてしまうかもしれない。それがあなたのこの姉としての思いやりゆえなんだとしたらまさにぼくもほんとに愛情深い素晴らしい姉を持ったというべきだろうな。ほんとにね」

「つまらないことを」

　リンダはそっけなくいった。

「そんなあてこすりをいったり、いやみを云っても何の役にも立ちはしなくてよ、レムス。お前はそういうところはほんとに何もかわってないのね」

「ひとつだけ、どうしても知りたいことがあるんだけど、リンダ」

レムスは云った。

「何なの。いいわよ。何なりと。これは私がお前と、きょうだいとしてかわすさいごのことばなんだから」

「ヤンダルが魔道をといたわけじゃないことはわかってる。……あなたは魔道師でもなんでもないのに、いったいなぜ、ヤンダルの魔道から目をさますことができたんです。第一、いまあなたは本当に目がさめてるんですか、それとも夢遊病みたいに、眠りながら起きて動き回ってるんですか。なんだか、いつものリンダにも見えるし、そうかと思うと全然そうじゃないみたいにも見える、いったいどういうことなんだ」

「それはお前だって、カル＝モルにとりつかれていたりキタイのあの悪魔にのっとられたりするのじゃないの」

リンダは答えた。

「自分がいまどうなっているかなんていつでも自分にすべてわかるわけじゃないわ……ああでも、確かなことは……私、自分がどうなっているのかなんて全然わからなかったけれど……突然、夢のなかで、グインがあらわれて扉を叩いたんだわ。そしてこういったのよ——いい、い、い、い、い、い、い、いましかない。いますぐ扉をあけて、出てくるんだ、って。それで私はそうした。そしたら、扉の外に本当にグインがいたんだわ。だから私、ちっとも驚かなかったの」

「ふーん……」

レムスは考えこんだ。が、そのとき、するどい叫び声があたりの奇妙な重苦しい静寂をつらぬいた。

「リンダ！　ああ、リンダ！」

激しい叫び声をあげて、あらたにあらわれた一団の衛兵たちのあいだから、弱々しくよろめきながらまろび寄ってきたのは、金髪と青い目の無邪気な貴公子——カラヴィア公子息のアドリアン子爵にほかならなかった。かれは見違えるほど憔悴し、まぶしそうに目をしばだたかせ、目を開いているのもやっとというありさまだった。灰色の、絹ものではあるがいかにも囚人めいたトーガを着せられ、髪の毛もひげものびほうだいで、さしもの美少年もすっかりやつれはて、やせ衰えて、あまり可愛くはみえなかった。

「アドリアン！」

「本当に——ほんとうにあなたなんですか。いったい何が、どんな奇跡がおこってぼくを……ああ、いったい何がどうなったんだかちっともわからな——アッ！」

さいごの叫びは、スニを背にしたグインに向けられたものだった。アドリアンは驚愕のあまり、弱ったからだを立っていることができずに大地にくずおれてしまった。

「こ、この人は……この豹頭はまさか……」

「いいからいまは何も考えないで。しばらく黙っていて、いい子だから」

リンダは身もフタもなく命じた。そしてするどくレムスをふりかえった。

「馬車はどうしたの」

「いま、持ってきますよ」

なんとなくうす笑いをうかべながらレムスが云った。

「そう、何もかも急に魔道みたいに思ったとおりになると思わないでほしいな。ぼくは魔道師でもなんでもないんですからね」

「あら、このところずいぶん魔道師らしくなって、魔道師のマントなどまとっているくせに」

ずけずけとリンダがいった。

「私、思っていたわ。お前は結局のところ黒魔道の力をかりることで問題を解決しようとしたんだと……でもいいこと、何か変なたくらみをしようと思わないほうがいいわ。いつだって私は自分のいのちをたてにとることならできるんだからね」

「わかってますよ。あなたがほんとに強情でろば《コーコ》みたいに頑固だっていうことは」

むっとしたようにレムスはいった。なんとなく、かつての姉弟喧嘩の名残めいたものが、そのやりとりにただよったが、かつてそこにあったあたたかな骨肉の愛情はもはやどこにもありはしなかった。

沈黙が落ちた。レムスは何かを待っているかのようにあたりをそっと見回した。そのとき、がらがらとわだちの音と、ひづめの音を高くたてて、二頭だてのかなり大きな馬車がロザリア庭園のほうからひかれてやってくるのが見えた。

「さあ、お望みのものですよ」

仏頂面でレムスがいった。

「これに乗ってここを出てゆけると思っているのならそうなさい。ぼくはもう知らない。ここから無事に出るところまでは請け合ってさしあげられない。ぼくにできるのはここまでですよ。あとは——そう、あなたになんとそしられたってしかたがないかもしれないが、いまのぼくがこのクリスタル・パレスの正当な、最終的な権限をすべて持っている王だというわけじゃないのは残念ながら確かなことだ。ここから出られるかどうかを最終的にきめるのは、やっぱりあの人の結界を破れるかどうか、でしょうからね。……さあ、どうぞ馬車にお乗りなさい。そして、その蛮勇がどこまで通じるものか、やってみたらいい。ぼくはお戻りになったときにとりあえずお茶でもご一緒できるよう、国王の居間で待っていることにしよう」

「ずいぶんと、口がへらなくなったものね、レムス」

というのがリンダの答えだった。リンダはするどく、レムスをにらみつけた。

「私がお前なら、『自分はこの宮廷の最終的な権限をすべて持っている王というわけじゃない』なんて認めるくらいなら、恥ずかしさのあまり王などと名乗ることは一生やめてしまうけれどね。ともあれもうここから出てゆけばきっと、二度とお前と会うことはないし、会ったとしてももう弟と呼びかけることはないわ。さよなら、レムス。私はいつもいつも、必ずしもお前のいい姉ではなかったかもしれないけれど、でもお前を愛していたわ。本当のお前、パロの二粒の真珠とよばれた、気弱だけれども心やさしいお前をね。ヤヌスのみ恵みでいつかまたあのお前に会えますように。さあ、馬車に乗って、アドリアン、グイン。私がさいごに乗るわ。なかにどんなたくらみが仕組んでいないものでもない、グイン、よく調べてみてね、中を」

「何もとりあえず、おかしなことはないようだが」

グインはかれらの前までひいてこられた馬車の扉をあけ、すばやくのぞきこんで、隅々まですどい目で調べると、スニを奥の席に寝かし、出てきてうなづいた。

「さあ、乗って、アドリアン。スニをお願いよ」

リンダにうながされたアドリアンは、まだよくどうしていいかわからないし、事情そのものもよくのみこめてないようだったが、まるで夢遊病者のように云われるままにした。スニのとなりにアドリアンが乗り込むのをみて、リンダはすばやく馬車の戸をしめた。

「この馬車なら、私があなたのとなりで御者席に座っているだけのゆとりはあるわね。グイン、私といっしょに御者席にのぼって、そしてこの馬車を御してちょうだい。私はこの宮殿の生まれ、このなかの地理はみんな知っているけれど、馬は御せないわ。私が道をいうから、そのとおりに馬車を御してちょうだい」

「よかろう。この馬車は頑丈そうだから、俺が御者となっても平気だろう」

グインは確かめてから、巨体に似つかわしからぬ身軽さですばやく御者席によじのぼった。リンダに手をのばし、となりにひきあげてやる。

レムスはいやな顔をしてそのしさいをずっと眺めていたし、そのまわりをかためている兵士たちは無表情にじっとそのようすを見守っているだけで、リンダがぞっとしたことにはほとんど人間的な反応というものを見せていなかった。まるでなにものかに、魂ごとのっとられて入れ替えられてしまった人形の兵士たちのようだった。

「さあ、馬車を出して。グイン。一番近い門はここからはランズベール門だわ。ランズベール門を出て、ランズベール川を渡り、そのままイラス川にそって南西へむかいましょう。クリスタルを出るのよ。そしてマルガへ」

リンダの声は、イラナの吹き鳴らす勝利のラッパさながらに響いた。

レムスは何もいわなかった。また、いつのまにかレムスのからだは一タールばかり宙に浮き上がっていた。リンダはそのようすにちらりと目をやった。そしてもうひとことも、別れを告げることばさえ口にせずにグインをうながした。

グインは手綱をぐいとひき、よく訓練された馬たちは、命令に答えるかのようにかすかにいないいて動き出した。からからとかるいわだちの音が石畳に鳴る。リンダの指し示した方向に、グインは馬車を左折させた。ロザリアの庭園の向こうに、黒々となかば廃墟然としたやけこげた塔が見えた。

「見える、グイン、あれがランズベール塔だわ。……なんてむざんなすがたになって、あれがかつてはクリスタル・パレスの守護神のひとつといわれたランズベール塔なんだわ。あれを目指していって。あのすぐ下にランズベール門があるわ。レムスが命令を下して門があくようにしていなければ、また私がなんとかするわ」

「………」

グインは何もいわず、かるがると馬車を御して馬たちを歩ませた。

背後をふりかえると、レムスのすがたはもうなかった。何か、手をうちに宮殿のなかに引っ込んでしまったのかと思われた。そのときに兵士たちをも連れて入ったのだろうか。もう、かれらも半分くらいになっており、残りのものたちも撤退しようとかかっているところだった。

「お前は本当に目が覚めているのか、リンダ」

グインはそれを見極めてから低くきいた。リンダは首をかしげた。

「私にはわからない。なんだかまだ、すべてが夢のなかのような気もずっと続いているの。わからない、なんだかすごく長い、長い夢を見たし、たくさんの夢をみていたわ……何回も、何回も、脱出してマルガに逃げ延びる夢をみた。ナリスと喜びにひたりながら抱き合う夢もみて……目をさましてむなしいあけがたに涙にくれもした。本当に何回も夢をみたので……これもまたそのひとつでないという確信は私にはないんだけれど、でもいいわ。夢のなかでもかまわない、私逃げ延びてやるわ」

「少なくとも、俺が見てるのは夢ではないことは確かだし、そうである以上、これはうつつだな」

グインはつぶやいた。

「まあいい。お前がもしも、まだ本当に目覚めているのではなく——これまた何かヤンダルにあやつられている罠にすぎなかったとしても、それでもこれはひとつの好機というものだ。やれるところまでやってみるだけのことだな。それにしても、ぶきみな宮廷だ。こんなにあちこちが手薄で無人の廃墟のような宮殿というのは俺ははじめて見た」

「何か、空気が違っているのを感じるわ」

リンダは云った。少なくとも、まだ夢からまことにさめていないかどうかはともかく、感覚のはたらきはいつものとおりのリンダに戻っているようだった。

「なんか空気のなかにいやな、異常なものがあるの。……ひとびとの叫びや悲鳴やうめき、そして助けをもとめるあがきのようなものが、ぎゅっとおしつめられて空気の底に漂っているような、ただごとならぬものが。……いまのここはとてもおそろしい、とてもいやなところだわ。早く出たい。ここから出ればきっと私ももっとはっきりといろいろなことを感じられる。いまはなんだかまるで、感覚のすべてに一枚ヴェールをかけられてしまっているようなの。それでも、動き回るのにはさしつかえはないけれど」

「お前は二ヶ月ものあいだ、眠らされていたのだ」

グインはそれをいうことが、リンダにあまり刺激になりすぎないかと心配そうにようすを見つつ云った。リンダははっとしたように、御者席の手すりにしがみついた。

「私は……きくのが恐ろしくてきけなかったけれど……ナリスは……ナリスは――」

「アルド・ナリスは生きている。そして神聖パロ帝国初代の聖王を名乗ってマルガにある」

グインは云った。リンダのからだから力がぬけた。

「おお。……それをきいただけで、もう私は……」

「お前はさきほど、マルガへむかうといった。当然俺は、お前がそのことをあるていどは知っているのかと思ったのだが」

「私の記憶に本当にさいごにあるのは、ナリスがどこかの森のところでレムス軍と戦って、そしてどこかから『ナリス陛下、御崩御！』という恐しい声がきこえてきた、そこまでなの」

リンダは身をふるわせた。

「そこで私の記憶はとぎれている。それからもう二ヶ月もたったのですって？　二ヶ月？　本当なの？　だって私はちっとも……まるできのうの夜眠って、けさ目覚めたという、それだけのような感じだわ。からだも……気持も」

「だからそれが魔道にかけられた眠りであったようなのだ。からだは弱ってはいないのか。二ヶ月も寝たきりでいれば、たいていはからだが動かなくなってしまうものだが」

「なんともないわ。だからいまいったように、きのうの夜眠って、そしてけさ目覚めたというような感じしかしないの。でも本当に目がさめているのかどうかだけがちょっとわからない。まだ夢の続きをみているだけ、というような気もする。……私にはよくわからない」

「まあいい。それもクリスタル・パレスの影響下にあるせいもかなりあるに違いない。とにかくここから出ることだ。お前は、俺がなぜここにいるかも不思議がらなかった。お前の脳がまだそれほど正常に動いているわけではないのは確かだと思う」

「だって、夢のなかであなたは云ったじゃないの。『いましかない、いま起きて、自分と一緒にこい』って。あなたは私を助けにきてくれたのでしょう。グイン」

リンダは御者席の手すりにつかまりながら、グインを輝かしいスミレ色の瞳で見上げた。

「なんだか、——そうね、そのことにだけは私ちっとも驚かなかった。あなたがいつも、私がもっとも必要とするときにはそこにいてくれるに違いないという気がしていた。いつだって、そうだったわ——あなたは、あのルードの森で私たちを助けてくれたときからいつも、私の守護神だったのよ。本当の」

「そんなこともあったようだ」

グインは云った。

「さあ、ここはどちらにいったらいい。それにしてもひどい廃墟だな」

「おお」

リンダはするどく息を吸い込んだ。

「ランズベール城！　こんなになってしまったのね！　なんてこと……ランズベール城とランズベール侯一族の滅亡についてはレムスからきかされていたわ。なんてことでしょう……」

リンダは目をとじ、そっとヤヌスの印を切った。目のまえにひろがっているのは、もはや壮麗な城館でも、その地下にあやしい地下牢を隠した謎めいた尖塔でもなく、やけこげ、崩れ落ちた、戦いで完全にうちこわされた廃墟でしかなかったのだ。ごろごろと、黒こげになった石とがれきがそこかしこにころがり、そのあいだに焼けて真っ黒になった材木や布の残りのようなものがちらばっていた。もう、さすがに死体やよろいかぶとなどこそすっかり取り片付けられていたが、それでもそこは遠くからみてさえ、ほろぼされたものたちの怨念がまざまざとたちのぼっているかのように感じられる一画であった。

「あのなかを抜けてゆかなくてはならない。でもそれが一番早いし――それに、ランズベール一族の怨念ならば、むしろ私たちにとりついたりはしない、私たちを守って、私たちがパロを守り、ランズベール侯やシリア姫たちの無念をはらすためにナリスのもとにむかうのを守ってくれるはずよ。……レムスが結界を張って私たちを出すまいとするのなら、むしろランズベール門が一番、その結界に対して私たちを守り、通してくれようとする力が大きいはず」

「怨霊や怨念というものが、パロではどのように実在し、扱われているのかは俺にはわからんが。俺はケイロニアの人間だからな」

グインはつぶやいた。

「だが、決してそれをやみくもに信じないようなことは俺はせぬ。……このがれきのあいだを抜けてゆけばよいのだな、リンダ」

「ええ。そのさきがランズベール門だわ……もしもまだ、その門を取り壊してしまっておらず、元通りの場所に……」

リンダの声は、途中でかき消えた。

「グイン」

かわりに、弱々しくふるえる声で、リンダはささやいた。

「あれはなに」

「あれはヤンダル・ゾッグの竜騎兵《竜の門》だ」

グインは静かに答えた。リンダよりも早く、その、ランズベール城の廃墟のがれきのあいだから、ゆくてをふさぐように、ロザリア庭園とランズベール城の廃墟のあいだに次々とあらわれてきたぶきみな怪物たちのすがたに気づいていたのだ。

それはすでに見慣れた、首から上が竜のすがたをした巨大な兵士たちであった。グインの巨体をさえ小さく思わせるほどの、三タールもの大きさでそびえているその怪物たちはおよそ三十から四十はいただろうか。首から上は竜だが、首から下はごつい皮にびょうをたくさん打ったよろいをつけ、巨大な剣を腰につるし、あるものは巨大なまさかりを、あるものは巨大な槍を、それぞれに得意の得物らしい武器を手にもって、五百タッドばかり向こうにふぞろいな列を作り、徒歩だちでかれらの前をふさいでいる。

「竜騎兵」

リンダの声がかすれた。

「どうするの。グイン……あいつらは、強いの」

「大したことはないようだが……直接に戦ってみたことはまだないのだがすれちがいは何回かした。まあ、なんとかするほかはないが……」

「わかったわ」

リンダはかすれた声でささやいた。

「ここはいったん下がりましょう。……ここでなくて、西大門から抜けられるわ。そのほうがいいかもしれない」

「なぜ、そう思う」

「このさきは……がれきが多くて……かれらが隠れていてもすぐにはわからないでしょう」

「まあな。それに、馬車を御するのが、この廃墟を抜けるにはちと大変そうだ」

グインは冷静にいった。

「少しくらい遠回りになっても俺は、どちらかというと、クリスタル市内に出られる道をとったほうがいいと思うのだが。クリスタル市民のすべてがヤンダルの魔法にかかってあやつられているとは俺は思えぬ、それはいくらヤンダルでもさすがに無理というものだろう。だったら、正気のクリスタル市民が少しでもいてくれればそれが俺たちの楯になる。ちょっと大変でも、いったんクリスタル市内を目指したほうがいい」

「だったら、アルカンドロス門だわ」

すぐに、リンダはいった。

「東よ。門の両側に聖騎士宮があって、そこから守りを固められそうだけれど、聖騎士たちなら、また私が脅しをかけて抜けられるかもしれない。じゃあ、いったんさがって、右にいって、グイン」

「やつらが俺たちを大人しくそうさせてくれればな」

グインは皮肉に笑って答えた。そして、手綱をぐいとひいた。

4

馬たちはきわめて従順に向きをかえた。うしろで、竜騎兵たちは不吉な幻のように、廃墟のがれきのあいだにそそり立っている。その、悪夢のようなあやしいすがたは、竜の頭をもつふしぎな神々の彫像のように見えた。あたりはまた暗くなっていた——グインはちらと空を見上げた。

「最前はずっと夜のままだったと思ったらこんどは……さっき一回明けかけてきたと見えたが、またもとのとおりの夜だ。……このあやしい宮殿のなかでは時もまったくヤンダルの支配下にあるらしい」

グインはつぶやいた。

「なればこそ、お前が……ゆうべ眠ってけさ目覚めたような感じだといったのは、実はそのとおりだったのかもしれないな。お前にとってはそれだけの時間しかたっておらぬのかもしれん」

「何かいった、グイン」

リンダが緊張した声でいった。グインは首をふった。

「なんでもない。つまらぬことだ。……竜騎兵を見てくれ、動いて……追いかけてはきていないか」

「じっと立っているわ。変な連中」

緊張しながらリンダはふりかえり、そして告げた。

「何かの命令がなければ動けないのかしら。それにしてもなんてぶきみなすがたをしてるんだろう。……本当にキタイにはあんな大きな怪物がいるの。あれはキタイから連れてこられた怪物なの？　グイン」

「もともとはただの人間で、それがキタイの竜王の魔道によってあのようにすがたをかえられたのだという話もきいたことがある」

グインは云った。

「だったら、それほど恐れるにもあたらんだろう。道はこちらでいいのか」

「その、右側の建物が王妃宮の裏手。そのむこうに見えている白い塔が、私が閉じこめられていた白亜の塔だわ。それのうしろを塀にそってすぎたら、ネルヴァ城の前に出るまえに右に曲がったほうがいいわ。ネルヴァ城からはいくらでも軍勢が繰り出せるから」

「それはこの宮殿のなかにいるかぎり、どこにいたところで大した違いはないだろうがな」

グインはいった。そして、云われたとおりに、塀にそって馬車を走らせた。うしろから、竜騎兵は追ってはこなかった。あやしい昏い超自然の夜のなかに、そのぶきみな竜頭のすがたが遠くなる。左側は長い塀がつづき、そのところどころに物見の低い尖塔があり、その塀の向こうはランズベール川の流れにそうているらしい。川のせせらぎがきこえてくる。しずかな川のせせらぎだけには何の異変も異常のきざしもなかった。

「アドリアンがきっと馬車のなかで、何がどうしたのかわからないまま連れてこられてとても不安な思いをしているに違いないわ」

リンダは云った。

「本当は声をかけてちょっと落ち着かせてあげたいけれど、しかたないわね。……あの角よ、グイン、あそこを曲がったら、ネルヴァ城の西門に出るから、そこの手前を右に曲がってほしいの」

「わかった」

「まだ、レムスがあきらめたとは思えないわ——レムスはあきらめたにせよ、キタイの竜王は……」

リンダはちょっと身をふるわせて、そっとグインの腕にすがりついたが、馬を御する邪魔にならぬよう、すぐ手をはなした。

「でも、とにかくゆけるところまで……宮廷の人たちだって全員が、ああして人形のように操られている者だけではないかもしれない。兵士たちのなかには、呼びかければ正気にかえるものだっているかもしれない……」

「だがそれをあてにはせぬほうがいい。さあ、曲がるぞ」

「気をつけて……」

言いかけたリンダのことばがまた、途中でとぎれた。

こんどは、竜騎兵ではなかったが、もっと悪かった。しずかにひっそりと、声もないままにその曲がり角の向こう、その道のつきあたりをびっしりと固めていたのは、銀色のよろいかぶと、銀色のマント——聖騎士たちの一団であった。その数、およそ五百はいただろう。

(五百)

グインは目ですばやく数えた。そして、そっと手綱を左手にもちかえ、右手で腰の剣の柄をさぐった。リンダはふいにはっと息をのんだ。

「あれをっ！　あの聖騎士たち……率いているのは……リーナスだわ！」

「リーナス聖騎士伯は知っている。そのようだが、それがどうかしたか」

「彼は死んだはずなの……それはきかされていたわ……彼は、毒殺されて死んだはずなのに、なぜか生き返って……兵をひきいてナリスと戦っているって……」

リンダは激しく身をふるわせた。

「ああ、なんという冒瀆！――あれは本当にリーナスだわ。でもなんという顔色なんだろう。あれは……あれは死人ね。あれはゾンビーだわ。グイン！　ゾンビーの軍勢だわ！」

「うしろの聖騎士どもはすべてがゾンビーというわけでもなさそうだがな」

グインはどうしたものかと思案しながらいった。

「ふむ、俺一人なら……五百なら、なんとか戦えるが……お前も、ほかのものもいるしこの馬車ではな……それに、ゾンビーとあってはお前のいのちがけの脅迫もきくとは思えんな。……ふむ、しかしここをひいたところで、うしろには竜騎兵が道をふさぎ――むろん、おそらくほかの道をとったところでなんらかのかたちでこうして道はふさがれているのだからな。どこを突破するのが一番いいかというだけのことだ」

「おお……」

リンダはヤーンの印を切った。

「恐しいわ……青黒いというのかしら……屍を掘り出したみたいな肌の色だわ……それになんだかひどくむくんで、くずれかけてでもいるみたいな……それにあの目……」

もはや、グインがいそいで馬をとめさせたものの、馬車は、リーナスの軍勢の手前数百タッドくらいにまで近づいてきているところだったのだ。かれの目にも、銀づくめの聖騎士たちをひきいて、その先頭に騎乗している一騎のぶきみなすがたはよく見えた。

リンダのいうとおり、それはもはや明らかに、ただの人間ではないことがひと目で見てとれた――リーナスはかつて、パロの使節として、ケイロニアにアキレウス大帝の祝典のさいに訪れ、グインもその風貌を見知ってはいる。だが、いまの彼をみて、かつてのその颯爽たる青年使節だと見分けのつくものはおそらく誰もいるまい。

「……」

グインはあわれむような目をその怪物にむけた。腐敗がすすんだ、とでもいったらいいのか、それは見るも恐しい、おぞましいすがたであった。確かに馬に乗って動き回ってはいたが、もう、ただのゾンビーにすらそれは見えなかった。ぶきみにもその顔は、リンダのいうとおり、墓場から掘り出された死体のようにくずれかけており、かつての秀麗さはあとかたもなかった。皮膚の下の筋肉がすでにとけかけて顔の表面をもとどおりに維持する力がないとでもいうかのように、顔全体がだらりとゆるんで垂れ下がっており、まぶたがそのぶきみな、何の表情もないにごった目の上におおいかぶさっている。泥で作ったぶきみな人形のようなそのすがたに、リンダはぞっとしながらヤーンの印を切った。

「なんてことだろう……あんな運命を、どんな人間でも許されるべきではないわ！　グイン、どうしたらいいの？　どうしたら、あんな悲惨な運命から、ひとびとを助け出すことができるの？」

「それは俺にはわからん、俺は魔道師ではない。だが、ともかく、いま一度本当の永遠の眠りにつかせてやることができるかどうか、くらいはやってみるべきだな」

「そうして。あんな――あんな彼は見ているのさえいやだわ」

リンダはすすり泣いた。

「べつだん、そんな才気のある人でも、素晴らしく魅力ある人だったわけでもないけれど、いい人で、いつも誠実だったわ。それなのにどうしてこんな運命に……ねえ、グイン、あのうしろの兵士たちもみんな同じゾンビーなのかしら？」

「俺は、そうは思わん。それでは、たとえどれほど偉大な魔道師でも、術が――五百人の人形をいっせいにあやつるのはあまりにも大変だろう。しかし、ああしてあのぶきみな怪物に従ってきているからには、それをおかしいと思わぬ程度には、思考を麻痺させられているのは確かなのだろうな」

「できることなら同胞の血は流したくないの。それも、知らずして操られているにすぎないのならば。……一度だけ、私にやってみさせて」

リンダはまだリーナスに目をやるたびにぞっと身をふるわせていたが、勇をふるって、グインに頼んでもうちょっと馬車をその死霊に率いられた一団に近づけさせた。かれらはどのような命令をうけているのか、さきほどのレムスが率いていた兵士たちと同じように、まったく動く気配さえもなく、じっとそこに隊列を組んでかれらのゆくてをはばんでいるばかりだった。

「パロの聖騎士たちよ！」

リンダはそのぶきみな無表情な兵士たちにむかって、声をはりあげた。はっとしたように、馬車のなかで動きがあって、窓があき、アドリアンが顔を出すのがわかる。が、アドリアンはこのようすをみて低い驚きの声をあげたが、それ以上何も余分なことを云おうとはしなかった。

「わが忠誠なるパロの守護神たちよ、私がわかりますか。私はパロ第一王位継承権者、聖王レムスの姉、リンダ・アルディア・ジェイナ王女です。私がわかりますか」

兵士たちは何ひとつ、反応をみせなかった。

それは、リンダを不安にしたが、しかしリンダはあえて、勇気をふるいおこして先をつづけた。

「私はパロとそなたたちを恐しい運命から守るため、わが愛するパロを正常なすがたにかえすため、どうあってもこのクリスタル・パレスを出なくてはならない。パロの希望は私の双肩にかかっている。そこをどきなさい、パロの勇士たちよ。パロの正当なる支配者に道をあけなさい。これはパロ王女、第一王位継承権者としての命令です」

兵士たちは、動かなかった。

その命令にさからう、というよりは、そもそも、そうして命令が下されたことそのものが、かれらの脳にはまったく達していないかにみえる。リンダはくちびるをかんだ。

「かれらはやはり眠らされているとしか思えないわ」

低く彼女はグインにいった。

「もしも私のことばがちょっとでも理解されたのなら、たとえそれに敵対するのであってもなんらかの反応があるはず。でもかれらはまったく動じようともしない。私のことばが、ことばとして脳にとどいてはいないのだとしか思えないわ」

「かれらはおそらく、特定の心話で命じられたとおりにしか動かぬような術をかけられているのだろう」

グインは、あのぶきみな仮面舞踏会の会場のことを思い出しながら云った。

「つまり、目も見えず耳もきこえず、自分が何をしているかはわからない、深い眠りのなかにあるような状態に。だから、あそこに並んでいても前になにがあるかは見えているのではなく、ただ『戦え』という命令がくればやみくもに戦い、『やめろ』という命令がくれば即座にやめる、機械じかけの人形のようなものにかえられてしまっているのだな。確かにヤンダルは偉大な力を持っているのは認めなくてはなるまい。五百人からの人間——いや、あの広間にはもっといたが、それほどたくさんの人間をいちどきにそうしてこれほど深い催眠状態に陥らせてしまえるというのは、なみたいていの術者ではできないだろう。ましてそれをこうしてずっと維持するというのはな」

「かれらは、目がさめる可能性はあるの？」

リンダはきいた。

「たとえば切られたいたみでその術からさめたり……その術をかけたものがといたら、もとどおりのかれらになれるの？」

「それは、俺にきくな。俺にはわからん」

グインは慎重に、動かぬ相手との間合いをはかりながらいった。

「ただ、ひとつだけ云えるのは、あの指揮官、リーナスか。あれとほかのその催眠状態の者たちとは相当に違うということだな。リーナスというのは、もうたぶん、現実には生きていないのが、ヤンダルの魔力で動かされている文字どおりのゾンビーで、ヤンダルの魔力さえなくなればそのまま崩壊してゆくのだろう。ほかのものたちは……ふむ、とりあえず、俺もこれから先こやつらとぶつかる以上、この連中のことをもっと知らなくてはならん。ひとつ、やってみようかと思うが」

「やってみようって？」

「あの指揮官は気の毒だがもはやドールの闇にかえったほうがいいとお前も思うのだろう。あの指揮官を攻撃する。可能性として、あの指揮官そのものが、他の連中に命令を出していることも考えられるしな。ただ、この馬車をはなれなくてはならんということになると……」

「ぼくにも、剣を下さい」

突然、馬車のなかから激しい声が叫んだ。かれらは御者席からふりかえった。

アドリアンが、馬車の窓から身をのりだすようにして、手をさしのべていた。

「だいぶからだは弱っていますが、大丈夫です。そのくらいのことはできます。まだいろいろなことがよくわかりませんが、お話のようすで、大体クリスタル・パレスがどういうことになっているか、そして幸運にもケイロニアのグインどののお助けを得てリンダ姫がなんとかしてここから脱出されようとしていることだけがわかりました。この馬車を、ぼくが守ればいいですね？　剣を下さい。長いことは、もたないかもしれませんが、力のかぎり姫を守ります」

「まあ、アドリアン」

リンダはたちまち涙ぐみそうになったが、そんな場合ではないと必死にこらえた。グインはうなづいた。

「剣の余分はないが、これを使え」

そして、御者席から飛び降りて、腰の剣をぬき、それを窓ごしにアドリアンに渡した。

「グイン」

驚愕してリンダは叫んだ。

「あ――あなたの剣を渡してしまったら、あなたはどうなるの？　何であいつらと戦うつもりなの？」

「案ずるな。どちらにせよあれは魔界のものだ。魔界の者に対するには魔界の剣がある。ただしそれは現世のものは斬れぬゆえ、たぶんうしろの騎士たちにはきかん。……なんとか、スナフキンの剣でリーナスをたおしてから、誰かの剣をぶんどってやるだけのことだ」

「そ、そんな……魔界の剣って……」

グインは、右手をたかだかと宙にむかってあげた。

「かじやスナフキンの剣よ、俺はお前が必要だ」

グインはささやいた。その瞬間だった。何もなかったはずの、グインの手のなかに、ずしりと持ち重りのする、青く光り輝く美しい剣があらわれていた。

リンダは息をのんだ。

「魔道……？」

彼女はささやいた。

「それとも……あやかし？　あなたは、魔道をあやつるようになったの、グイン？」

「そうではない。これは、かつて、ノーマンズランドで小人の鍛冶屋が俺に作り、贈ってくれたものだ。この世のものでないものを切るための剣として」

グインは云った。

「これまで、これは何回か、俺を助けてくれた。だがまさかそれを、中原で使うことになろうとは思わなかったのだがな。——それだけ、中原もまた、魔境と変じつつあるということか」

「そんな……」

「いいか、アドリアン」

グインは窓ごしに、緊張したおももちでグインの大剣をつかんでいる少年に云った。

「俺のことは心配するな。決して馬車からはなれるな。馬車だけを守っていてくれればいい。それも長くなくていい——俺はリーナスを切り、ただちに戻ってくる。めざすはあの指揮官だけだ。……そのあいだだけでいい。あるいはリーナスをやれば、ほかの騎士どもに理性が戻ってくるかもしれぬ——それを期待してやってみるのだ。お前は御者席にのぼれるか」

「はい。グイン!」

「よし、ではリンダとともに御者席にいて、ようすをみていろ。万一俺が『馬車を出せ』と叫んだら一瞬もためらわずそのとおりにしろ。とにかくそのときにはここからはなれるのだ。どこへでもいい、とにかくここからはなれろ。リンダならわかるだろう。

とりあえず誰もいないところへ逃げていればいい。俺は必ず切り抜けてそちらへ合流する」

「は……はい。グイン」

アドリアンはあえぐようにいった。そして、馬車から降りてきて、いくぶんふらつく足をふみしめて、御者席によじのぼった。

「あなた、大丈夫？　アドリアン——ずいぶん、長いこと閉じこめられていたのでしょう？」

「大丈夫です」

アドリアンは健気な笑顔をみせた。

「もう二度と太陽をあおぐことはできないのかと思っていました。こうして外に出られただけでももう死んでもいいくらいです。……リンダ、あなたにもまた会えたし」

「俺が『馬車を出せ』といったら一瞬もためらうな、これだけは守れ。俺のことは一切気にするな。俺にとっては、お前たちはただの足枷でしかないのだ。俺は一人でいるのが一番強い」

グインは身もフタもなくいった。

「万一にも俺の手助けだの、俺を助けられるだのと思うな。もしもあの指揮官をやっても騎士どもが正気にかえらず、その場で乱戦になったら、お前たちが俺のためにしてくれられる一番いいことはここからはなれていてくれることだ。わかったか」

「わかりました」

頰を紅潮させて、アドリアンは答えた。

「ケイロニアの豹頭戦士グイン。……うわさにはうかがっていました。いまどうしてここにあなたがあらわれたのかも……いまクリスタル・パレスがどうなっているのかもよくわかりませんが、ぼくはとにかくリンダ姫を守ります。それでいいですね」

「ああ」

グインはうなづいた。そしてかすかに笑いをみせた。

「なかなか、いい覚悟だぞ、小僧。――よし、では、とにかくあの指揮官をやってみよう。どうなるかわからん。リンダ、もしもそのあとできそうだと思ったらまた説得なり命令を出してみろ。だが無理そうだったらすぐ逃げるんだ」

「わかったわ。グイン」

リンダはするどく息を吸い込んだ。

グインは、そのまま、スナフキンの剣を手にかざした。それは奇妙なくらい青々とこの薄暮の世界のなかで燃え立っている。それがそうやって輝いている、ということは、この世界そのものが、あきらかに魔界であるということであった。グインが試してみたかぎりでは、魔界のなかでなければ、用もないのにスナフキンの剣を呼び出すことはできなかったのだ。

「魔物め」

グインは低く、こちらを向いたまま、ぶきみな泥人形のように騎乗のままで動かないリーナスをにらみすえた。

「お前を永遠の眠りに戻してやる。——そのほうがお前のためだ」

つぶやくと、グインは、ぐんと大地を蹴った。そのまま、リーナスとそのひきいる軍勢にむかって疾走した。相手は動かなかった。それもまたグインの予想していたとおりだった——やはりかれらは、どこかからくる命令によってだけ動くよう、操られているのだ。その命令がこないかぎり、かれらはまったく反応しないのだろう。

《リーナス》のぶきみな青黒い顔は無表情にグインにむけられ、どろりとにごったその目は何ひとつうつしていないかに見えた。だが、のろのろとその手があがりかけてくることで、かろうじて、それが本当の腐りかけた人形なわけではなく、動くのだとわかる

——グインは吼えた。

「ドールの黄泉に戻れ、哀れな亡霊め！」

同時に、一気に五、六百タッドの距離を駆け抜けたグインは、スナフキンの剣をふりかぶり、それを《リーナス》のゾンビーめがけてうち下ろした。

《リーナス》はよけようとするそぶりさえ見せなかった。まるで、そこに並んでいるの

はただの人形でしかないというように、騎士たちも動かず——《リーナス》の首が、かぶっていたかぶとごと、スナフキンの剣に切られて宙に舞い上がった！

そのままそれは地面にたたきつけられ、ぐしゃりといやな音をたててあっけなくつぶれた。

が、グインは、うなって剣をとりなおした。《リーナス》は——首を失っても平気でそのまま立っていたのだ。うしろの騎士たちがゆっくりと動きだそうとしている。

「おのれ、死霊！」

グインは、ふたたび吼えるなり、いったんひいて距離をとり、ふたたび助走して思い切り飛び上がりざま、馬上の怪物を、こんどは真上から切り下ろした。手応えはやはり人間の生身の肉のものではなく、スナフキンの剣は泥のかたまりをでも切るようにたわいもなくそのからだをよろいごと両断してゆく。どろどろと何か汚い、いいようのない悪臭をはなつ固まった泥水と腐肉のようなものが流れ出してきた。グインは鼻にしわをよせて嫌悪のあまり唸り、そしてそれをあびないようにとびのいた。馬がいなないていきなり走り出した。それからふるいおとされ、どろりと《リーナス》は大地にくずれおちた。そのままかたちをなすこともできずにどろどろとそこにひろがってゆく。

「げえ……」

おぞましさにさしものグインも身をふるわせたときだった。

「ワアアッ」

ふいに、異様な悲鳴がきこえた。アドリアンの声のようだった。

「来る！　気を、気をつけて下さい、グイン！」

まるで、《リーナス》のゾンビーがそうやって破壊されることこそがきっかけであった、とでもいうかのように——

無表情のまま、騎馬人形のように、聖騎士たちが動き出していた。

それらは、無言で無表情だが、完璧な動きをみせて、のろのろと左右に散開し、グインを取り囲もうとしていた。リーナスの馬が逃げていったあとに、さっと半円形ができて、グインをとりこめようとしている。

「来い！」

グインは怒鳴った。

第四話　奇　跡

1

「かかってこい。キタイの傀儡人形どもめ」

グインは叫んだ。そして、スナフキンの剣をひっこめた——おのれでも、どうやっているのかははっきりと説明できなかったが、スナフキンの剣は、彼が不要だと思ったその瞬間に、彼の手から、消滅してしまい、ふたたび彼が呪文をとなえるまではあらわれてこないのだった。そして、彼は、その超常の剣で世のつねの、うつつの存在を切らぬように、それはこの魔剣の魔力を失わせることになるから、ということだけは、かたくスナフキンから忠告されていたのだった。

（どいつかの剣をまず奪う。それで問題はない）

おのれの剣はすでにアドリアンに渡している。だがグインは何のおそれも感じてはいなかった。

単身、これに数倍する敵を前にしたこともある。ノスフェラスの砂漠では、いくたびそのような羽目におちいったかわからない。また、つねにグインはおのれを信じている――それ以上に、相手の動きを見ていて、グインには経験から感じ取れることが多々ある。

騎士たちの動きはにぶい。それはおそらく、おのれの判断でではなく、どこか彼方からくる遠い命令によって動いているせいなのだろう。それがグインからみた最大の勝機であった。おのれらの上官、指揮官たるリーナスがむざんにもとけくずれた惨憺たるすがたになって大地にすでに崩れおちているというのに、騎士たちの表情には何の変化もない。にぶい無表情な目の光だけが、申し合わせたようにグインに向けられている。しかし、かれらは着実に円を描いてグインをそのなかに包囲しようとかかってきていた。

グインは一瞬にしてあたりを見回し、なかのひとりに標的を定めた――そのまま、そちらにむけて突進する。相手は応戦しようと剣をかまえる――その、うしろにまわりこみざま、グインは相手の馬のうしろ足に直角に手刀をたたき込んだ。馬が悲しくいないて倒れ込む。刹那、グインはまわりこみ、地面にどさりと落ちた相手におどりかかった。強引に手首をつかんで力をこめ、剣を取り落とさせた。そのまま、思い切り相手の腹に蹴りを入れ、そのまますずくまってしまうのを見向きもせずに、落ちた剣に飛びかかってすくいとる。

剣が手に入った。騎士たちが馬をかりたてて、グインのまわりをとりこめるように円を描いてまわりこみはじめている。グインはゆだんなく剣をかまえ、倒れた馬をたてにとりながら、騎士たちをにらみつけた。身を低くして身構え、そのめくれあがった唇から低い獰猛な唸り声が洩れる。

「かかって来い！」

グインは挑発した。そのときだった。

(やれ！)

はっきりと、その心話がグインにさえ聞こえた――刹那、騎士たちが襲いかかってきた！

「グイン！」

馬車の上でリンダは悲鳴をあげた。アドリアンは剣をかまえたまま、御者台の手すりをかたくつかみ、こちらにむかってくる敵があらばと身構えていたが、しかしたちまちに銀色の騎士たちのなかにまぎれてしまった豹頭のすがたに、これも不安そうに声をあげた。

「ぼくも……ぼくも行ったほうがいいのでは……ちょっとでも……あれではあまりに多勢に無勢で……」

「駄目よ、アドリアン！」

はっとしてリンダは叫んだ。

「グインのいったことを忘れてはだめ。私たちが近づいたら、グインの足を引っ張るだけなのよ」

「でもあまりに相手は大勢で……グインはたった一人……」

「信じるのよ。それしかないわ」

リンダはうめくように云った。そして激しくヤーンの印を切った。

「ヤーンよ、グインを守りたまえ……そして私を、そしてアドリアンとスニを……どうか無事にここから脱出させたまえ！」

「おお……す、すごい。まるで鬼神みたいだ」

アドリアンの声に、またはっと我にかえる。

「グイン！」

いまや、そこは血まみれの戦場と化していた。

グインはたった一人でそこをすさまじい血の海に変えてしまったのだ。容赦なくふるう大剣が一閃するたびに、確実に一人、いのちをおとさぬまでも戦闘力を失って銀のよろいの聖騎士たちが倒れてゆく。もともとパロの人種は比較的小柄でもあるし、文化と魔道の都として知られるこの国の武人たちだ。勇猛をもってなるケイロニアの、そのなかの最大の狂戦士として知られるグインの相手ではない。グインはいつのまにかひとりの騎士をひきずり降ろしてその騎士の馬をぶんどり、その馬を縦横にかって聖騎士たちのまっただなかで一人暴れまくっていた。たった一騎に切り立てられて、聖騎士たちは陣容を立て直すひまもなく、やみくもにおどりかかっては切りふせられ、逃げようとひくところに阿修羅のようにグインが飛び込んできて切りふせる。が、グインは、戦いの恍惚に我を忘れているわけではなかった。

「あっ」

アドリアンが声をあげた。

「ら、落馬したのか？　グインの姿が消えたッ」

「そんな！」

「いや、本当に……あれです、確かにグインが奪い取って乗ってたのはあの白馬です！ほら、鞍の上がからだ」

「でも、切られたようなようすなんか見えなかった……」

言いかけてリンダははっと息をのんだ。

「あれはなに？　あの、うしろにまた銀色の――」

「しまった。援軍だ」

アドリアンは叫んだ。

「増援がきたんだ。こんどこそいくらグインでも……エッ？」

「どけ」

いきなり、返り血にまみれた腕がのびてきて、アドリアンを御者台から引きずり降ろした。アドリアンは失神しそうになった——が、続いてあらわれた顔は豹頭だった。

「馬車に乗れ。早く」

放り込まれるように、馬車のなかに乗り込まされたアドリアンはただ驚きのあまり剣を握り締めて茫然としていた。グインはすばやく御者台によじのぼり、ぐいと手綱をひいた。

「グイン！」

「援軍がきた」

グインはリンダに怒鳴るようにいった。云いながらももう、馬車をかえさせて、もときたほうへと走り出させていた。

「五、六十人はやっつけたと思ったが、さすがに五百は多い。それに、その上に増援がきたんじゃ、いかに何でもいつかは体力のほうが尽きてしまうからな」

「グイン、あなた……」

すっかり、一対五百のすさまじい戦闘に没頭してしまっているとばかり思っていたのに、グインの声は冷静そのものであった。リンダは驚きをこらえるように口に手をあてた。

「怪我はない？　グイン」

「大丈夫だ。きゃつらの一撃はかなり力が弱いので俺なら――ケイロニアのよろいかぶとならきゃつらの一撃だけでは絶対に傷は受けない。やはり操られているせいもあるだろうが動きもにぶい。俺一人でも五百までなら、時間さえかければ殺すのは簡単だろうと思わせたがな」

「なんてこと……」

呆れてリンダは激しい馬車の動揺に息を切らせながら、きれぎれに叫んだ。

「ケイロニアが世界一の強国と呼ばれてるのはあだやおろそかじゃないのね。……パロの兵はそんなに弱いの。だから、モンゴールにもかなわなかったのかしら？」

「まあ、正直いうと、そのとおりだ」

グインはかるがると馬車を御して石畳を走らせながら云った。

「パロの兵には気迫が足りん。それは魔道にかけられているせいではないだろう。根本的にきゃつらは戦うのが嫌いなのだな。俺が吼えながら剣を振り下ろすとそれだけで気力がすべて萎えてしまうようだ。こっちに曲がるとどっちにゆくのかな」

「ええと……おお、ヤヌスの塔が見えたわ！」

リンダは身をのりだしてあたりのようすを確かめた。こんどは、うしろから、かなりあいだをおいてではあったが、確実に聖騎士たちが追いすがってきているのが、足音と気配とで感じられる。

「きているわ、グイン。追手がきてるわ！」

「まあ、それは当然だろう。きゃつらだって、体面もあれば何よりもヤンダルの命令もあるのだろうからな。だが戦っていてわかったがたぶん彼奴らは『殺すな』と命令されている。きゃつらが俺にむけてきた刃はいずれも、ただおのれに向けられた攻撃を受け流すだけで、まったく俺を攻撃してくるものではなかったんだ」

「攻撃ではない……」

「そう、ヤンダルは俺とお前を生かしてとらえようと思っている。それがこちらの最大のつけめだが……しかしとにかく……」

いきなりグインは馬をとめた。リンダはいきなりとまった馬車からころがりおちそうになった。

「ど、どうしたの！」

「気配を感じる。そちらのほうにはまた待ち伏せしてるな」

「ほ、本当？」

「本当だ。きこえないか。ひとの気配がする。かなり大勢だ」

「……」

「とにかく、こうしていてはどうにもならん。といって、俺は――きゃつの領域であるところの——魔道を使いやすい場所にだけはあまり入る気になれん。俺の得手は魔道じゃない」

「グイン……」

「馬車を捨てるぞ」

グインのことばはきわめて簡単であった。

「アドリアン。降りてこい。馬車を捨てる。スニを連れて降りてこい。俺が背負う」

「は、はいっ」

アドリアンはよろめきながら、スニを抱きかかえて降りてきた。スニはよほど深い魔道の眠りに入っているのだろう。これだけ運ばれてきても、これだけあたりが激動していても、いっこうに起きるようすもない。

「グイン」

アドリアンはおずおずといった。

「あのう、スニはぼくが背負います。……あなたは手があいていたほうが……荷物がないほうが戦えるでしょうから……」

「大丈夫か」

グインはいくぶん心もとなさそうにアドリアンを見たが、うなづいた。

「そうしてくれれば確かに俺は助かる。ではこのひもでスニを背中にくりつけていろ。

さいわい、人間でいえば五、六歳の大きさしかないセム族だ。お前がかなり弱っていても、なんとかなるだろう。リンダ、ささえていてやれ」

「は、はい」

リンダとグインに手伝われて、アドリアンは背中にスニをくくりつけた。アドリアンも決して大柄ではなかったので、いかにスニが小さいといっても、背中に背負うと足の先が地面につきそうだったが、しかしアドリアンは歯を食いしばった。

「なんとかこれで頑張ってみます。あなたがリンダを救い出してくださる足手まといにならないように」

「お前はなかなかよい少年だな」

グインはほめた。

「最初はどうかと思ったが、見かけよりもずっと腹もすわっているし、余分なことも云わぬようだ。アドリアンだったな」

「カラヴィア公の子息、アドリアン子爵よ、グイン」

リンダはあわてて云った。

「こんなところでご紹介というのも変だけれども、私と一緒に捕まって、ずっと地下牢に幽閉されていたの。カラヴィア公への人質として。——アドリアン、こちらはもうよくおわかりですけれどケイロニアの豹頭王グイン陛下、単身クリスタル・パレスに飛び込んできて私たちを助けてくださろうという勇者だわ。私は白亜の塔に幽閉されていたの。どうやらキタイ王の魔道で眠らされていたみたい。どうしてその魔道がとけたのかはわからないんだけれど、きっとそれもグインがきてくれたのと関係あるんだわ。このときをのがしてはもう機会はないと、私があなたを連れてきて馬車を提供しなければこの場で自害してやるとレムスをおどしてやったの」

「おお」

アドリアンは身をふるわせた。

「なんてことだろう。ぼくはいったいどのくらい地下牢に閉じこめられていたのか、何もわからない。もう時間の感覚もなく、なかば気が狂いかけていたんです。突然牢番がきて有無を云わさずぼくをひきずりだした。あなただったんですね、リンダ。あなたがぼくを思い出してくださったんだ」

「ずっと忘れたことなんか一瞬もありはしなかったわ」

リンダは口早にいった。

「私も、レムスのことばでときたまきかされる以外、外のようすは全然わからなかったのだけれど……レムスはカラヴィア公に、あなたを人質にして自分のためにカラヴィア公騎士団を動かすよう要請していたようだわ。いまやもう、ナリスはカレニアに新帝国を樹立してマルガにいるんですって。パロはまっぷたつにわかれ、そしてそのふたつのパロが激しくもう戦端を開いているのよ」

「おお」

「しばらくしずかにしろ」

グインがいうなり、二人はあわてて口をつぐんだ。グインはかれらを右手に曲がろうとしていたのをとどめて、ひとつ手前の細い道を左に入らせた。

「どうやらしだいに、きゃつらは大勢を繰り出してきたらしい。――あっちからも足音がきこえるし、俺の感覚ではあの広いほうの道には間違いなく、そのさきに兵が伏せてあった。――かなり大勢の兵士たちが、しだいに目標をしぼりこみながらこの宮廷の一画に集結しつつある、という感じのようだ。――そこを通るぞ。姿をみられるな。口をきくな」

グインはすばやくかれらを壁にぴったりと身をつけて隠れるようさししめした。かれらはいそいで奥まった柱のかげに身をひそめる。グインはそろそろと路地の角のところまで近づいていって、壁にぴったりと背中をつけ、そっとのぞいてみた。ざっざっ、と機械的な足音をたてながら、まるで銀色の兵隊人形のように、聖騎士たちの群れが徒歩で、広い道を通り過ぎていった。その数は五十ばかりだった。

「行った。だがまた来るだろう」

グインはかりそめに身をひそめたその路地のつきあたりへいってみて、そっとのぞいてみた。

「こちらにはまだ誰もいない。こっちへ来い」

すばやく、リンダたちを連れ、めぼしをつけておいた次の細い、建物と建物のあいだの道に飛び込む。

「まるで迷路のような宮殿だな。だが俺が気になっているのはこのたくさんの塔だ。——事情のわかっている見張りをそこかしこの塔の上においておけば、俺たちの動きは塔の上からすべて手にとるように見渡されてしまうのではないか」

「ここのへんは大丈夫よ、ちょうどどの塔からも死角になっているはずだわ」

リンダは必死にクリスタル・パレスの地図を思い出そうとしながらいった。

「ここはたぶんサリアの塔の裏手くらいにあたるはず。聖王宮のまうしろのところだから。でもここからは、どうあっても——どこかで聖王宮を通り抜けるか、聖王宮から王妃宮への回廊を通り抜けるか……アルカンドロス門に抜けるのならね。西大門のほうにぬけるならなんとか聖王宮の裏手を——ヤヌスの塔とルアーの塔ぞいにゆけるかもしれないけど、たしかにその塔の上からはまるみえになるわね。それに、そのあとクリスタル庭園からカリナエのほうへ通り抜けてゆかなくてはならない、とても距離があるの……カリナエ……」

リンダはうめくようにいった。

「前ならカリナエに飛び込めばもう私の家だったのだけれど、いまのカリナエはきっと、それこそ厳重に見張られた廃墟になっているはず。……そのさきはベック公の宮殿、その手前はまたしても騎士たちの領域――西へゆくのは遠すぎるわね」

「静かに」

またグインがささやき、かれらはいそいで身をひそめた。また、ざっ、ざっ、ざっ、と音をたてながら、こんどは少しかわったよろいかぶとをつけた兵士たちが百人ばかり、四列を組んで通り過ぎていった。

「――もう大丈夫」

リンダはそっと首をのばして見た。

「行ってしまったわ」

「鎧が少し違っていたな」

「あれは国王騎士団の鎧だわ」

「先頭に竜騎兵がいた。――あそこに待ち伏せていたやつほどでかくはなかったが――二タールくらいだったがな。あれが率いているのだろう。……かなり、大勢繰り出してきたな。これはとんだかくれんぼになりそうだ」

グインはいくぶん笑いを含んだ声でいった。

「たかが我々四人を狩り出すために、いったい何千人を動員したのだか、大仰な話だ。

このだだっぴろい宮殿の全部をくまなく埋め尽くすことはとうてい出来んだろうにな」

「どうしたらいい、グイン？　私、何かしたほうがよいことがあったら……」

「いまはここでじっとしていろ。ここは塔から死角になっているんだろう。それにここはごちゃごちゃ建物が込み入っているので、身をひそめやすい。下手に飛び出して広いところにゆくと——四方八方から追いつめられてとりこめられたら、あまり大勢騎士どもを集められると、いかに弱兵だといってもさすがに俺もいずれ体力負けするだろうからな。それに……」

グインはつぶやくようにいった。

「何を？」

「俺は……考えているのだ」

「どうすればいいのかを、だ」

グインの声は笑いを含んでいる。リンダはつぶやいた。

「ふしぎね、グイン。——なんだか、昔あったことをもう一度夢にみているだけ、みたいな気がするの。……きっとこういうことは、ノスフェラスでも、ルードの森でも、何回かあったはず——そうよ、あのおぞましい海賊船でもね！　でも、なんてふしぎなのかしら、グイン——あなたがそこにそうしていてくれると、なんだか私、ちっとも怖くないし、心配でも怯えてもいないの。あなたがここにいてくれさえすれば、何もかも大丈夫、必ず私たちは助かる、すべてはよくなる、そんな気がしているの。——不思議だわ。あなたさえいれば何も悪くなるはずはない。そんなふうに絶対的な信頼感を起こさせるのはただあなただけよ、世界中に。……昔からそうだったわ。あなたがここにいさえすれば、私は何があろうと必ず信じていられるの。……不思議だわ。あなたは誰に対してもその力でそう感じさせるの？　それとも、これは、私とあなただけの——特別な絆なの？」

「………」

グインは首をふった。

「俺にはわからん。俺は自分が何を知っているのかも、わかっているのかもわからん人間だ。——だが確かに、ノスフェラスではいくたびかもう駄目だと思い、そして……」

ふいに、グインは黙った。

「どうしたの。グイン……」

「シッ！」

鋭く、グインはささやいた。

「いかん。こんどはかなり近い、こっちへ抜けるぞ」

グインはリンダの細い手首をつかんだ。そのまま、スニを背負ったアドリアンについてくるように合図し、路地をつきぬけて反対側へ飛び出した。路地といっても、王宮の裏手にあるいくつかの建物と建物のあいだの細い通路だ。華やかな王宮の裏手には、おそらくさまざまな物資を蓄えてあるのだろう倉庫や、厨房、うまや、下男や下女たちのすまいなどであるらしいあまり立派でない建物もいくつも建っている。そのあいだをぬうようにして、グインはリンダの手をひいて走った。が、またいきなり足をとめた。

「はさまれた」

低くグインはささやいた。

「あっちからも足音がきこえる。ここからそっちに抜けるとどこだ？」

「そっちは……聖王の道のほう、駄目よ……あっちのほうがきっともう網を張られているわ……」

「かなり、足音がたくさんになってきて——それにあちこちから、四方八方からせまってきた。このあたりと見極めてこのへんを中心的に人を繰り出してきたか」

じっと耳をすましてから、グインはささやいた。もう、大きな声を出すことも避けなくてはならなかった。

「リンダ。この建物はなんだ」

「わからない……たぶん、倉庫じゃないかと思うけれど」

「この扉のなかに……いや、万一にも、ここしか出入り口がなければ、それこそ袋のねずみになるな」

グインは一瞬だけ目をとじた。

「ふむ。……どうしたものか……」

「グイン」

「待ってろ。……とにかく、必ず何かが……思い浮かぶはずだ。いつもそうしてきたのだからな……それにさっきから俺は……何かを忘れてる、という気がしてしかたがなかったのだから……おっと。くるぞ、しょうがない。とにかくここへ入って身を隠せ」

グインはかれらのうしろの扉を押してそれがあくことをすでに確かめてあった。が、その中はひんやりとした、日頃まったく使われていなさそうな荷物置き場であることもわかっていた。

もはや選択の余地はない。外から、ざっざっざっ、という足音がどんどん迫ってきている。それは路地をひとつひとつ、小あたりにのぞき込んでいるようすだ。

グインは扉のなかに、リンダをひきずりこみ、アドリアンを引っ張り込んで扉をしめきった。あやういところだった。彼が扉をしめた一瞬後に、扉の向こうから、ざっざっざっ……という足音がかなりおびただしく聞こえてきたのだ。

「………」

背中を扉につけ、からだごと扉をおさえつけるようにしながら、グインはやっとそれがいってしまうまで息もせずに待った。ようやく、ふうっと深い息をついて身をおこす。

中は暗かった。だんだん目が慣れてくると、おびただしい数の木箱のようなものが積み上げてあるのが見えた。

「やはり、倉庫か」

グインはつぶやいた。

「ひんやりとして、ずいぶん……日頃使っていなさそうな倉庫だな。天井もまたおそろしく高い——いかに倉庫だからといって、もうちょっとは、宮殿の一画らしくしてもよさそうなものだが……なんだ、この木箱は」

「ここ……どこなのかしら」

不安そうにリンダはつぶやいた。

「こんなとこにこんな倉庫……あったのかしら」

2

「どうした、リンダ」

グインは、リンダのようすを見とがめた。リンダは、ふいに奇妙な不安にかられたかのように、思わず両手で自分のからだを抱きしめていた。

「どうした。具合がよくないのか」

「そうじゃないの。……なんだか、変な気分がするの。……ここは、よくないわ……そんな気がするのよ、してならないの」

「ここというのはこの倉庫のことか」

グインは低くささやいた。リンダは緊張したおももちでうなづいた。

「こんなところに倉庫があったなんて知らなかったわ……それはもちろん……私は王女だから、そういう——宮殿の裏手の事情なんか、何も知らなかったんだと、云われてしまえばそれまでなんだけれども……でも、そうじゃない」

「何か、感じるのか。お前は予知者だ。何でもいってみてくれ」

「何か、よくないものがこのなかにいる……」

リンダの声はしだいにかすかになり、まるで暗がりにひそんでいるなにものかにきかれることを恐れるかのように小さくなった。

「よくないものだと……」

「ええ、よくないもの。とても異質なもの……そして、遠くから——おお、そうだわ……遠くからきたもの、何か、違う世界の色をしているもの……」

「この箱か」

グインの目が細められた。

グインは、そっと、無造作に積み上げられている木箱のひとつを叩いてみた。が、リンダが急いでとめた。

「叩いてはだめ、グイン。ふれてもだめ」

「この中に何が入っているんだ？」

グインは、するどくつぶやいた。

倉庫はかなり大きく、天井も高かった。そのなかに、かなりたくさん、何段かにわたってその木箱が積み上げられている。目がだんだん暗がりになれてくると、その木箱は、みなまるで棺のように細長く、妙に不安をそそる大きさとかたちをもっていることがわかってきた。

「まるで、棺のようですね……」

アドリアンがふるえる声でいう。リンダはうなづいた。

「棺……眠り——長い眠り……さますもの。グイン……ど、どうするつもりなの？」

「あけてみる」

グインの答えは簡単であった。

「もしも何か悪いものがいるようなら、この倉庫ごと焼き払ってやる。そうすればずっと手間がはぶけるかもしれん。アドリアン、リンダ、うしろにさがっていろ。もしかして、異次元の怪物が出てくるかもしれんのだ」

リンダは口に手をあてて悲鳴をおしころした。

グインはおそろしく慎重にその積み上げられた木箱にちかづき、そのなかを透視しようとしているかのような目つきでじっと見つめ——それから、なかのひとつを選び出した。それは、たまたまその上に何も積み上げられてなく、ちょっとはなれたところにおかれていた木箱だった。木箱の群れには特にひもだの、カギだのがかけられているようすもない。ただ、それはいかにも意味ありげにずらりと並んで積み上げられているのだ。だいたい三段くらいに積まれているが、なかには二段、またグインが目をつけたもののように一段だけのものもある。

グインは、そろりそろりと近づき、そしてそっと、ためらわず、注意しつつ木箱のフタをそーっともちあげた。そして中をのぞき——それから、何かはっとしたようにもう一度持ち上げてなかをしっかりと見た。それからさらに、あわただしく別の箱のフタをそっともちあげて中をあらため、もうあと二つ三つ箱のなかみを確認した。

それから急いでフタをおろし、リンダたちのところに戻ってくる。何も、その木箱のなかからぶきみな怪物がいきなり飛び出してグインにおそいかかってくるようなことは起きなかった。が、戻ってきたとき、グインのようすはかなりかわっていた。

「これは……」

グインはうめくように云った。

「これはまた……」

「どうしたの、グイン。何があったの。……いったい何があったの。あの箱のなかには」

「女だ」

グインのいらえはおそろしく短かった。まるでいうのがイヤなようだった。リンダの目が丸くなる。

「女——ですって」

「そうだ、女、だ。……孕み女の……あれは死体なのか。いや、そうじゃない……おそらく、あれは……」

ふいに、ぞっとしたように、グインは珍しくも吐き気をこらえるようにおのれの口に手をもっていった。リンダは驚いた。

「あなたがそんなになるなんて！——グイン、いったい……は、はらみ女って……あの、赤ちゃんのいる……？」

「そうだ。腹のふくれあがった——臨月に近いのじゃないかと思われるような……いや。いくつか見たが、大きさは違っていた。一番大きかったのはもうあすにも生まれてもおかしくないと思うほど巨大な腹になっていたが、別のは……まだ生まれるまでは二、三ヶ月あるかと思うていどの……その、女の……死体、といっていいのか……いまのスニのようすよりももうちょっと……妙な感じがしたが、とにかく、意識がないことだけははっきりしている……それに——生きているといっていいのかどうかもわからん——だが息があったのだけは確かだが——なんだ、あれは……あんなぶきみなものは……」

「ア、ル、ミ、ナ」

ふいに、リンダはうめくようにいった。いきなり、青ざめ、狂って、半狂乱の笑いをほとばしらせていた、あわれな義妹のすがたがまぶたをよぎったのだった。

「わかったわ。グイン——それが何なのかわかった。彼女たちは——ノ、ス、フェ、ラ、ス、の、種、子の……ノスフェラスの種子を植え付けられた……いけにえなのよ！」

「ノスフェラスの種子だと」

「私は見たわ」

身をふるわせながら、リンダは手短かに、《レムス》にぶきみな天路歴程に連れ出され、怪物王子アモンを出産したばかりのアルミナのところに連れてゆかれた話をした。アドリアンもグインも身をかたくしながらその話をきいていた。

「アルミナは……やせ衰えて、そして狂ってしまっていた。……そして寝台のなかには……ぞっとするような……うまくいえないの。人間のかたちはしていないのに、気配だけがある怪物が——気配の渦みたいな怪物がいて……渦のまんなかに光るひとつ目がじっとこちらを見上げていた。……それを《レムス》は……グイン、あの紅蓮の島のできごとを覚えていて、あなたがあの島の洞窟でひとつ目の赤ん坊を見たことを。あの赤ん坊と同じものだといった。——グイン、その——その女の人たちは、パロの女性だったの?」

「俺は四、五個の棺しかあけていないが、ひとつはパロの女性らしく——残りは黒髪で、キタイの女らしく思われた。それを見て俺も思いだしていた——はるかキタイにいたときに、新都シーアンを建設するために、たくさんの妊婦や若い女がさらわれ、黒魔道のいけにえになったといって、各地で非常に騒ぎがあったことを。……そしてまた、俺はそのいけにえとしてシーアンに出頭するよう命じられた若い娘を助けてやりもした。その連れてゆかれた女たちは二度と帰ってこず、何に使われたのかもわからぬといって、親たちは怯えていたのだが……」

「間違いないと思うわ、グイン。その女のひとたちはこうやって……《ノスフェラスの種子》を植え込まれ、それの……それの育つまでの苗床にされるのだわ。なんて恐しい話！」

「そして――それが育つとアモンのような怪物になる、それはキタイの血をひいた竜人である、という――そういうことか」

グインはうめくようにいった。

「ということは――ここにこうして眠らされている妊婦たちが胎内にはらんでいる竜の子たちが目覚めれば、それはみないずれ王子アモンの配下となり――パロを竜人族の国にするために働くものたちとなるというわけだな……」

「グイン」

リンダは蒼白になりながらささやいた。

「私をひどいやつと思ってくれてもいいわ。この倉庫に火をかけて。このひとたちは……みな死んでしまうけれど……パロは守られるわ。そのためだと思って……許してちょうだいね……不幸な女のひとたち。どちらにせよ、私はアルミナを見たわ……生まれた子どもを前にして、アルミナは完全に狂ってしまっていた。あんなふうになるのは女として最悪の地獄だと思う……そのくらいなら、まだこのままここで意識のないまま死んだほうがまし。お願い、グイン、この倉庫を焼き払ってしまって。このままその……ノスフェラスの種子たちが成長したらパロはいったいどうなってしまうのか、私はとても……想像する気にもなれない」

「むごいようだが、それが正しいだろう」

グインも、重い口調でつぶやいた。

「アルミナは死んではおらぬ。レムスがすべての人間をあやつっている仮面舞踏会で、俺のところにあらわれたのだが、しかし、それは、死んでいたほうがどれだけかましではないかと思うような、正気もない機械人形としてだった。……あのリーナスのゾンビーといい、なるほど、黒魔道というものは、このようにして人間を魔道のいけにえにかえてゆくのだな。……よかろう、これがおそるべき瀆神の罪だとしたら、俺もまたお前もろともそのつぐないを引き受ける。それにもしも彼女たちが胎内にその悪魔の胎児に寄生されているとしたら——意識はないように見えるがもしかしたら、出産による世にも恐しい苦しみにみちた死と破滅だけが彼女たちを待っているのかもしれん。それよりは確かに、いまここで意識のないまま焼死するほうが楽だろう」

「私がアルミナだったら、あの恐しい子を体内に植え付けられたそのときに殺してほしかっただろうと思うわ」

ぞっとしたようにリンダはつぶやいた。そしてヤーンの印を切った。

「お願い、グイン。そうして下さい。私も――私もあなたとともに、ドールの黄泉の刧罰をでもなんでも受けるから。こんな恐しいこと――生きた人間が悪魔の胎児に寄生されてそのいけにえとなって生き続けているなんて……考えただけでもぞっとするわ。その胎児は……アルミナの体内を栄養にしながら成長していたのよ。レムスはいったわ――アルミナを食い尽くしたらこんどは宮廷のものたちを、さいごには自分をもこの子供が食い尽くしてしまうかもしれない、って。ひとりでもそんな恐しい怪物がこんなにたくさん――もうそうしたら、パロは本当に悪魔の国家になってゆくほかはない」

「わかった。問題はここから外に出られるかどうかだな。リンダ、そっとさっきの扉から外をのぞいてみろ」

「いまのところは、ひとかげはないわ」

リンダはすばやく云われたとおりにして、報告した。

「外がなんとなくざわめきたっているし、かなり大勢のひとの気配は感じるけれど、すごく近くというわけじゃない。それにここに火の手があがればたぶん、それを消し止めにかなりの人手がこっちに向けられると思うんだけれど……」

「よし。だがその前にまず、充分に燃えてしまうようにしないといかん。リンダ、さっき通ってくるときにお前が、ここは厨房とその倉庫だといっていた場所があったな」

「ええ……」

「王家の厨房と倉庫なら、必ず油があるだろう。俺はそれをぬすみだしてくる。アドリアンとしばらくのあいだ、ぶきみだろうがここで待っていろ。大丈夫だ、たぶんこやつらは、その時がくるまでは眠り続けているだけだろうし——それに、どうやら、これだけ動きまわってもあらわれぬところをみると、竜王は本当にいまのところはキタイに戻っているようだ。あるいはこちらにとっては幸運なことに、キタイの情勢がかなり逼迫していて、パロに注意をむけているどころではないのかもしれん。……もしも彼がいればどちらにせよ我々の動きなどはみな見抜かれているのだろうが、これだけ逃げ回ってもなかなか袋小路に追い込まれないということは、竜王がいなくて——レムス当人だけが全体の指揮をとっているという可能性がかなり大きい。だとしたらここでひとさわぎおこすのは我々が逃げる手助けにもなる。——ちょっと待っていろ」

「わかったわ」

リンダはあえぎながらいった。そして、無事をいのることばもあえて口にはしなかった。

グインは扉をそっと押して外に単身出ていった。リンダとアドリアンは木箱の群れがひどく不気味に思われてならなかったので、なるべくそれから遠くなるように、扉ぎりぎりまでさがり、扉を背にしながら、ふたりでひしと手をとりあって恐怖にたえた。それにそれは、ようやく、ずっとひきはなされてきたふたりが、これまでの恐怖と不安と苦しみとをわかちあい、いたわりあえる短い時間でもあった。

「リンダ……ああ、リンダ」

アドリアンは、リンダの手をおしいただき、頬におしあてるようにして、声をかみころして泣いた。

「本当に、またお会いできて……そしてこうして一緒にいられるなんて……何もかもグインどののおかげです。……もう一生あのまま地下牢で責め殺されてゆくのかと思っていました。ゆっくりと気が狂っていって……何もできぬまま……」

「かわいそうに、アドリアン。私にまきぞえをくってしまって」

リンダはいたましげにそのアドリアンの頭をそっと抱きしめた。

「あのとき私と一緒にパレスにあがらなければこんな辛酸をなめなくてもすんだのに。でも、とにかく、カラヴィア公のご子息だから殺されずにすんだのだし、ほかの人たちみたいにむごい目にあわされ、傀儡にされたり、死霊にされたりせずにすんだのだわ。とにかく、なんとしてでもこのおそろしいありさまから、パロを——クリスタルを救うのよ。クリスタルの町のほうはどうなっているのか、私にはわからないけれども、とにかく、ここから出て……もうでもおかげでずいぶんといろいろなことがわかったわ。いわば身を張って私はレムスのパロについてたくさんの情報を得たようなもの。これをどうあってもあの人のもとへもっていって——そしてパロを救い出すんだわ。こんなに強

い使命感を感じたことははじめてよ。どうしてもパロを救わなくてはならない。こんなおそろしいありさまに、愛する祖国をこのままにしておくわけには死んでもゆかない。たとえどのような犠牲をはらっても——あの女の人たちにどれほどすまないと思っても、思えば思うほど……このままにしておけばもっともっとたくさんの人間があのかわいそうなおぞましいリーナスのように、このかわいそうな女のひとたちのように犠牲にされてゆくんだわ。なんてことだろう……なんておそろしいたくらみなんだろう」

「黒魔道とは、こんなにも恐しいたくらみを平気でできるものなんですか」

アドリアンは身をふるわせた。

「ぼくは魔道のことなど、カラヴィア人だしあまり知らなかったので——こんなにも恐しいものだとは……」

「これは特別だわ。すべての黒魔道がこれほどむごい、これほど非人間的なたくらみをするものではないと私は……私は思いたいわ……グインは大丈夫かしら」

「大丈夫です。きっとあの人は……」

アドリアンは、男らしく、リンダを守らなくては、という思いにかきたてられたように、しっかりとリンダを胸にかきいだいた。

「あの人ならなんでもできる。——うわさにしか、知らなかったが、本当に、うわさよりも百倍も千倍もすごい人なのですね。さっきリンダが、あの人がそばにいれば何があ

って も大丈夫だと信じられる、といっておられましたが、そのお気持ちはぼくにもよくわかりました。ぼくにも同じように感じられますもの。……特にあの、おびただしい聖騎士たちを右に左に切り伏せているすさまじいすがたを見ては……でも、ふしぎですね。殺人王イシュトヴァーンのうわさもぼくはきいて、恐しいことだと思っていましたけれど……あの人があ あして戦うすがたは――すさまじいのに、あまりむごたらしい感じがしない。どうしてなんだろう」

「たぶん、それはグインが本当に勝つためだけに、最低限必要な戦闘をしかしないからだわ」

リンダは考え考え答えた。

「あの人は、戦うことそのものはむしろ嫌いだといっていたわ。――ひとを殺すのも、いのちをとるのも。でも、必要ならばためらわない。その、目的意識がとてもはっきりしているから、相手が強ければ一撃で息の根をとめ、戦闘能力をそぐだけで平気そうだったら殺しはしないで――それをできるだけの力がいつもあの人にはあるのよ。いつもゆとりがあるんだわ。だから私にはそれが残酷さのためじゃなく、目的のためのやむをえないものだということが感じられ――グイン！」

扉があいた。リンダたちはあやうく悲鳴をかみころした。

「は、早かったのね……」

「運よく、厨房の外側の壁の下に油の壺が石の壁のなかにたくわえてあるのを見つけたんだ」

グインは巨大な壺をひとつかかえていた。

「万一厨房が火災になったりしたときに被害がひろがらぬよう、油のたくわえだけは、厨房の外にしてあったらしいのだ。それをひとつ失敬してきた」

グインは、すばやく壺のふたをとり、木箱のまわりと上に丹念にかけはじめた。それが全部あっという間になくなってしまうと、もう一度、待っているようにいって、もう一回忍び出てゆき、今度はきわめてすばやくまた壺をかかえて帰ってきた。

「もう、まわりにこれだけ油をまいておけば、一気に火がまわれば倉庫全体が燃え上がるだろう」

グインはつぶやいた。そして、リンダとアドリアンに外に出るよう命じた。

「一番向こう側の油のところに火をおとし、俺はそれが燃え広がらないうちに一気に飛び出す。お前たちはそのまえにあるていどここから離れていろ。——だが兵士どもに見つかってはまずい。そうだな、さっきここに入る前に何回か路地に飛び込んだが、あのサリアの塔のすぐ裏手だとリンダがいっていた路地、あのあたりなら——あのへんにいろ。騒ぎになってもし俺とはぐれていたらもう、かまわんから大声を出して俺を呼べ。あのあたりからなら俺にはきこえるだろう。だがお前たちがあそこにゆきつくまえに追いつけるとは思うがな。さあ、行け」

「はい、グイン！」

アドリアンはたちまちのうちに誰よりも忠実なグインの信奉者になっていた。グインに何か言われるたびに、ひたすら忠実にそれを守ろうとする。アドリアンはスニを背負い、リンダをかばって、すぐにそっと扉から出ていった。それを見送り、グインは木箱のまわりにまいた油の、一番その扉から遠いところへゆき、かくしから取り出した火打ち石でまず、ひきさいた服のきれはしを四つつくり、それに油のないところで火をうつし、それから、そのひとつを油の川の上に放り投げた。

さあっと炎が油の帯にそって燃え広がるのを確かめてから、残る二つも左右の壁近くの油の帯にそれぞれ投げ捨てながら扉のほうへ走る。油ですべらぬよう注意してまたぎこえながら、さいごの火種を投げ捨ててしまうと、扉の外にとびだし、あとはもう、うしろもふりかえらずに一気にグインは走り出した。

もう、誰かに見られることも恐れてはいなかった。いざ兵士たちに見つかればたたかって切り抜け、ひたすら呪われた倉庫が燃え上がるまでのあいだに遠くへ走るつもりだ。足弱のリンダと、スニをかかえたアドリアンはまだいくらもいってはいなかった。すぐにグインが追いつくとかれらはほっとしたようすだった。だが——

「来た！」

見つけたぞ。

い、い、いたぞ——

声にならぬ兵士たちのざわめきが、心話となって押し寄せてくるような感じがあった。

「グイン！」

「もう、逃げ隠れはせん。戦って切り抜ける。とりあえず、そっちへ走れッ」

グインは兵士たちのすがたのない、左手のほうを指さした——が、すぐにリンダが悲鳴をあげた。

「だめよ、グイン、あっちからもくる！」

「ああっ、グイン、包囲されている！」

アドリアンも叫び声をあげた。ついに、銀色の聖騎士たち、そして国王騎士団の兵士たちは探すえものを見つけた——そして、そのことは、なんらかのかたちでどんどん、仲間たちのほうに伝えられてゆくようだった。どんどん、どんどんこのあたりめざして、兵士たちが四方八方から集結しはじめているのがこんどは感じられるだけではなく、目にはっきりと見えた。グインはちらりとうしろをふりかえった。まだ、倉庫からは火の手があがっていない。まだたぶん炎は、なかの木箱をなめているだけなのだろう。

倉庫から火の手があがれば、かなりの人数があわてててそちらを消火に向かうのではないか——ことにあの木箱のなかの妊婦、というよりその胎内に寄生している胎児たちがキタイ王にとって大切なものであるとしたら、間違いなく、それを救出するために、兵士たちはグインどころではなくなるにちがいない、というのが、グインの読みであった。

だが、まだ、倉庫の建物からは、煙もあがっているようすがない。

ただ、ちょっとキナくさいかおりが、気をつけて、そうと知ってかぐと、空気にまじりはじめてきた、という程度だ。

「グイン！」

リンダがグインにしがみつくようにして悲鳴をあげた。

ざっざっ、ざっざっ、ざっざっ――

四方八方から妙に非人間的にそろった足音を立てながら、銀色のよろいに無表情な顔の、機械じかけの人形のような兵士たちが間合いをつめてくる。

かれらの先頭にそれぞれ、二タールばかりもある竜騎兵のぶきみなすがたが見える。

いろいろな方角からこちらへ近づいてくるそれぞれの一団をみな、それぞれにその竜騎兵がひきいているようすなのだ。

「あいつらを倒せば……司令を出す系統がどうなっているかしだいだが……」

グインはつぶやいた。

「グイン、取り囲まれてしまったわ！」

リンダがささやく。

「ここでは——ここではまだ、倉庫に近すぎるわ！　火が出たら、ここだって危ないかも……」

「わかってる。ここはいったん強行突破する」

グインはささやきかえした。

「アドリアン。スニをつれていて大変だが、遅れずについてこい。リンダ、俺からはなれるな。いいか、あの、左のほうがちょっと手薄だ。あの左から二つ目の道からくる連中をねらって突破してゆくぞ。遅れるな、俺からはなれたら、つかまると思え！」

3

たちまち——

すさまじい戦いが展開された！

それは、これまで、グインがそうやって戦うところを何回も、ノスフェラスで、あるいはルードで、海賊船の上で目のあたりにしてきたリンダでさえ、はじめて見るような熾烈な戦いぶりであった。グインはかつての、リンダとレムスを守ってアルゴスに送り届けたあのときよりもさらに明らかに力をつけ、技も、また筋力も大幅にあがっていた。あのときでさえ、リンダには、この豹頭の異形の男こそ地上最強の、史上最大の戦士なのかと見えていたものだったが、もはや、これまた多少大人になったリンダには、あのときのグイン自身と比べてさえ、いまのグインがどれほど力を増し、判断力と冷静さと落ち着きを——つまりは必要な経験が与えたいっそうの武器を持っているかをはっきりと見てとることができた。

「すごいわ」

おのれ自身もまたこのおそるべき窮地のまっただなかにいることさえ忘れて、茫然とリンダはつぶやくばかりだった。

「すごいわ……あの人、たったひとりで……みんなやっつけてしまう……あんな人って、見たこともない。おお、ヤヌスよ——どうしてあんな人が地上にいるの？　いったいどんな奇跡が彼を生んだの？」

「リンダ！」

スニを背負ったまま、しんがりをつとめる、という困難に立ち向かっているアドリアンのほうはもうちょっとおのれのことに注意を奪われていた。グインはつねにかれらのほうに注意を配り、ほとんどの、アドリアンたちにむけられてくる攻撃も、おのれにかかってくるやつを一撃のもとに切り飛ばしてすばやくこちらに飛び込んできてアドリアンにむけてふり下ろされる刃を受け止めてくれる、という方法で、グインがふせいでやっていたのだが、それでも、さすがにこれだけの敵にまわりを囲まれて、すべての瞬間にかれらを守ることに専念するわけにはゆかなかった。

ことに危険なのはアドリアンであった——リンダに対しては、刃はふりおろされなかった。というかほとんどリンダに対しては、兵士たちは無視していた——リンダを生きてとらえる、ということが疑いもなく、かれらには至上優先命令だったのだ。同時にグインに対しても——グインが存分に、いつもよりもいっそうすさまじい戦いぶりをみせることができたのは、騎士たちが、グインに対しても、決して致命傷をあたえまいというそぶりでしか襲いかかってこなかったからであった。基本的にかれらは、グインをとらえようとして戦っているのであり、明らかにグインに対しても、（決していのちを奪ってはならぬ）という命令が下されていたのだった。

だが、アドリアンとスニについては気の毒なことに、まったくそういうことはないようだった――カラヴィア公息の人質としての価値はもうなくなっていたのか、それとも、そこまでは、兵士たちへの命令がゆきとどいていなかったのか、アドリアンにふりおろされる刃には何の容赦もなかった上に、アドリアンはスニという、ただでさえグインに比べればずいぶんとかよわい彼には相当なハンデを文字どおり背負っていた。グインはたえずアドリアンに注意を払っていたが、何回かは、グインがおのれにかかってきたやつを片づけているあいだにアドリアン自身が必死になって剣をふるって防戦せざるを得ず、さらに何回かはふせぎかねて剣で肩口や腕を切り込まれて血が吹きだした。

それでもアドリアンは必死に戦っていた。年齢もまだ二十歳にもならぬ少年であったし、いずれはカラヴィア公をつぐ身分として真面目に剣の研鑽をもつんでいたはずだが、もともとがパロの貴族といういたって武の面ではあてにならぬ存在なのだし、しかも長い幽閉ですっかりからだも筋力もおとろえきっている状態である。やがてアドリアンの額には苦しそうなあぶら汗がふきだし、何回かグインに助けられたものの、ついにがっくりと膝をついてしまった。

「ああ！」

「危ない、アドリアン！」

いきなり、その上にふりおろされようとした剣とアドリアンのあいだに飛び込んだのはリンダであった――リンダのすがたをみて、あわてて兵士たちの剣がひっこめられる。ひとつはひっこめそこねてリンダの肩をかすり、そのまとっていた服を破った。

「リンダ！」

「アドリアンを殺さないで！　お前たちはパロの兵士じゃないの！」

リンダは絶叫しながら、何も戦う武器をもたなかったので、からだごとアドリアンにおおいかぶさって身をもって守ろうとした。アドリアンはもがいた。

「危ない、どいて、リンダ！」

「パロの兵士なら私の命令を聞きなさい。剣をひいて、剣をひくのよ！」

リンダの悲鳴のような命令に、しかし兵士たちは従わなかった。かれらは、そのかわり、剣をおさめ、素手でかれらを手どりにしようと、じりじりとかれらを取り囲んで迫ってきた。アドリアンは絶望的な目でグインを求めた――グインはいまやまさに、竜頭の怪物のふところにとびこみざま、そのうろこのある首に思い切り剣を突き立てたところだったが、このようすを見るなり、すばやくその剣を引き抜こうとした。うろこのあいだに食い込んだ剣は抜けなかった。グインはそのまま、逆に剣をふかぶかと押し込んで、竜騎兵が異様な悲鳴をあげて倒れこむのを見届けもせずに、かたわらの兵士におどりかかって剣を力づくでもぎとった。そしてそのあらたな剣をかまえて、アドリアンとリンダの上におおいかぶさってかれらをひったてようとしている兵士たちの上に殺到した。

たちまち、左手でひきはがしては右手の剣で切り払って、グインは兵士たちを追い払い、またかれらを背中にかばった。だがそのとき、さらに新手の兵が一個中隊ばかり、右手のほうから、この場へ殺到してきた。

「くそ、まるで、竜の歯の伝説の兵士のようにどんどん増えてゆくな」

さしものグインもうなり声をあげた。

「これではきりがない。くそ……」

「グイン、リンダを連れて逃げて下さい！」

アドリアンは悲痛な声をふりしぼった。

「ぼくはここでなんとかして……くいとめますから、リンダだけは……無事に……」

「何をいうの、アドリアン」

リンダは叫んだ。そして、スニごとアドリアンにしがみついた。

「望みをすててはだめ。私たちにはグインがいるわ、グインがいるのよ！」

「でも、ぼくがいては、そのグインも……」

アドリアンがいっそこのまま敵のあいだに切り込んでやろうかと——そのまえに足手まといのスニを降ろしてしまったものかどうかと一瞬迷った。そのときであった。

「あああ！」

はっきりとした声にはなっていなかったが、驚愕にみちた叫び声が兵士たちのあいだからあがった——かれらは、グインたちのうしろを指さし、恐怖におののいていた。

（火事だ！）

かれらは、傀儡にされると同時に、ことばと声をも禁じられているのだろうか。ちゃんとことばになる声が出てくることはなかったが、しかしかれらの驚愕と狼狽ははっきりとグインたちに伝わってきた。かれらは手に手にうしろを指さして、うろたえ騒ぎはじめていた。

グインはふりかえった。倉庫から、さかんに黒煙が吹き出している。そして、下のほうはもう、炎がひろがりはじめている。

「しめた」

グインはつぶやいた。

「きゃつらがこれであの火に気をとられてくれれば……」

明らかにその火事は、かれらを恐慌に陥れつつあった。

誰かから、声なき指令がまわってきたかのように、あらたに戦闘に加わろうとしていた中隊はそこから大きく方向をかえ、倉庫のほうにむかって走っていった。それだけでなく、最初からここにいてグインたちをとらえようと戦っていた部隊もいくつか、たてつづけにこの場を見捨てて、明らかに消火か救助のために倉庫にむかってなだれをうっていた。

「いまだ」

グインは叫んだ。

「走れ。アドリアン、走るんだ。リンダ、来い」

左手にリンダの手首をひっつかみ、右手に剣をつかんだまま、グインは走り出した。すべての兵士が消火にむかったわけではなく、かれらの包囲に残っているものもたくさんいた。が、それらもかなり気もそぞろになっているようすだ。グインは、それを無造作に切り払い、道をあけながら、アドリアンを庇いつつ左に——火の手と反対の方向に向かって走った。

決死の勢いのグインが突っ込んできたとき、兵士たちはその勢いにおされるように道をあけ、そしてまた、どっとかたまってかれらを追ってこようとした。グインはアドリアンを先にゆけと背中をおしやるなり、リンダをそちらにむけて突き飛ばし、それからすばやくあたりを見回して、ちょうどその走り抜けようとしていたところのかたわらの建物に駆け寄った。そこはさっきグインが油を調達してきた厨房の裏手であった。グインはその石壁のなかに積み上げられている油の壺をもうひとつとるなり、それを追手にむかってころがした。壺はころがりながらフタがとれ、なかから油が流れ出した。グインは次々と壺を片手でひきずりだしては片手でころがし、巨大な壺をみな外にひきだしてごろごろと追手にむかって放りつけた。なかには、うまくころがらないで、追手の上におちてくるものもある。それがあわてて逃げまどう追手の兵士の上に落ちたり、大地に叩きつけられてこっぱみじんに割れたりすると、そのなかから純度の高い黄金色の上等な油がどろどろと流れ出した。それを見届けもはてず、グインはその上を飛び越えるようにしてアドリアンたちを追って走った。

「リンダ！」

「グイン、だめよ、こっちはゆきどまりだわ！」

リンダが悲鳴のような声をあげる。むかいにぶきみにそそりたっている塔のすがたがかれらのゆくてをはばんでいた。

「これは何の塔だ、リンダ」

「ヤヌスの塔よ！」

「これを迂回していてはとても……」

言いかけた刹那。

グインは息をのんだ。

「どうするの、グイン……」

リンダが何か言いかける。それを、グインはいきなり手で制した。

「ちょっと待て。……ヤヌスの塔、そうか」

「ど——どうしたの……」

「ヤヌスの塔だな！」

「グイン、いったいどう——」

グインは吼えた。リンダもアドリアンも仰天したようすでグインを見つめている。

「なんで、それに気がつかなかったのだ！　俺は馬鹿だ」

グインはふたたび叫んだ。そしてやにわにリンダの手をつかんだ。

「その扉に飛び込め！」

「な——なんですって。ヤヌスの塔に？　駄目よ、塔のなかになんか入ったらそれこそ袋のネズミ《穴にもぐったトルク》だわ！」

「かまわん。いいから入るんだ！　俺に考えがある——いや、これが答えだったんだ！」

「グ——グイン……」

グインはリンダをおしのけるようにして、さきほどレムスに連れられて入った扉とは反対側らしい、その扉に手をかけた。それは鍵もかかってなく、すらりとあいた。中にぶきみな闇がひろがる。

「だめよ、グイン、危険だわ……」

「いいから来い！」

リンダとアドリアンをつきとばすようにして、グインは中に飛び込むなり扉をしめ、中から鍵をかけた。

扉の外から、兵士たちが何か叫び声をあげている気配がきこえてくる。かまわず、グインはリンダをせきたてるようにして、そこにおりている階段のほうへひったてた。

「グイン、いったいどうしようというの。これは……この階段は地下に通じる——この地下はあの……古代機械の秘密の部屋へまっすぐに通じているのよ！」

「古代機械をつかってここから出るんだ」

グインのいらえを聞いた刹那、リンダは失神しそうな顔をした。

「な——何ですってェ！」

「なんでこんな簡単なことに気づかなかったのだろう。古代機械こそそのための最高の道具だったというのに。さあ、階段をおりたぞ。俺が先頭にたつ、入れ替わるんだ」

「だって私——だって私、古代機械の操作なんか知らないのよ！」

リンダは悲鳴をあげた。

「駄目よ、グイン。駄目！」

「大丈夫だ」

グインは激しく答えた。

「心配するな。たぶん……古代機械は……俺が操作できる」

「な、な、なんですって、」

うめくようにリンダは云った。そして、奇妙なくらいしずかになってしまった。ただ、世にも理解しがたいものをでも見るように、じっとグインを見つめている。その目には言いしれぬ奇妙な驚愕が宿っていた。

「グイン……あなた……」

「グイン」

アドリアンが悲鳴のような声をあげる。

「扉を叩いています。……やつらが、入ってこようとしている！」

「急ぐんだ。もう一層地下だ、確か」

グインは二人をせきたててもう一層、らせんになっている階段をおりていった。

ふいに白い光があふれた——目のまえに、確かに見覚えのあるあの水晶の板にへだてられた室と、そしてその手前のあの、レムスとともに古代機械を見ていた踊り場のような場所があった。リンダは息をのんだ。

「古代機械！」

「こ、これは……」

アドリアンはいっそう驚愕したようだ。

「これが、あの……伝説の古代機械……」

「どけ」

グインは、無造作にその水晶の板に歩み寄った。あわせめに手をふれる。リンダが悲鳴をあげた。

「駄目、グイン。それは、パロ聖王家の王族にしか……そして秘密をうけつぐことを許されたものにしか――ああっ！」

「あ、開いた！」

アドリアンが叫ぶ。水晶の板はするすると左右に開いて、古代機械の室にみちているすさまじいほどの光が、いきなりあふれ出してきた。

レムスとともにこの室に入ったときのとおりのできごとがおこった。古代機械が生き返ったのだ。青や赤の光線が激しく管のなかをゆきかいはじめ、左側に黒いパネルがあらわれ、そのなかに光の渦巻きがしだいに大きくあらわれて来――室全体が、うなりをあげて輝きはじめている。

リンダは驚愕の悲鳴をこらえようと口に手をつめこんだ。

「グイン——あなた……あなたは一体……」

「ちょっとだけ、静かにしていてくれ」

グインはリンダたちを制すると、そのままつかつかと中に入ってゆく。リンダはあわててグインを引き留めようとしたが、そのときにはもう、グインは室のなかに入って、機械のあやしいえたいのしれぬコントロール・パネルのまん前に立っていた。

彼は思いきって手をのばし、そのパネルにふれた——どこにどうふれていいかわからなかったが、ふれた瞬間、パネルの上方部をなしている、大きな画面が爆発的に躍動した。きらきらと輝きわたり、そしてわけのわからぬ記号のようなものが上から下まで、左から右へ並び、そのままその画面が上へ上へとのぼってゆき、その下にまた新しい記号の列があらわれ——すさまじい早さで記号が走査され、そして何かひとことだけ大きな文字が画面の中央にあらわれた。

「《異常ナシ》」

グインがいう声をきいてふたたび、リンダは気を失いそうな顔をした。

「グイン！　あなた、この文字が読めるの！」

「読めはせん。ただ、ここに手をおいていると、この文字の意味が頭のなかに流れ込んでくるのだ。魔道の心話のようにな」

グインは答えた。そして、手をのばして、コンソールの一ヶ所にあったレバーをつかみ、操作した。その文字が消えて、別の文字があらわれた。

(座標ヲ入力シテクダサイ)

「座標。どのようにすればいい」

グインはささやいた。リンダとアドリアンはただひたすら、驚愕の目で見守っていた。かれらには、グインの脳に流れ込んでくるその命令はまったくきこえなかったのだ。

(希望スル行先ヲ文字入力スルカ、念ジテクダサイ。念ジル場合ニハソノ前ニ精神波入力モードニキリカエテ下サイ。精神波入力モードニキリカエルニハ、画面右下ニアルツールバーノふぁんくしょん3ノキーヲオンニシテ下サイ)

「画面の右下……これか」

グインはいくつか並んでいるキーの三つめのものにふれてみた。ふいに、上のほうから、奇妙な、帽子のようなものが降りてきて、グインの頭の上にすぽりとかぶさった。そこから端子がのびてきて、グインの両側のこめかみにぴたりと吸い付いた。

(精神波入力モードニキリカワリマシタ)

古代機械が告げた。

(希望スル行先ヲ念ジテクダサイ)

「マルガ——いや、部下たちが待っている。北アルムだ」

(北アルムトイウ地名ハ存在シマセン。存在スル地名ヲ座標に念ジテ下サイ)

「グイン……ど、どう……」

リンダがおずおず声をかけようとする。アドリアンはそれをひきとめた。

「いまは……グインにまかせておいたほうが……声をかけないほうが……」

リンダは驚いてアドリアンをみた。

「そう……そうね。アドリアン」

小さくつぶやく。そして夢中にヤヌスの印を切った。

「神様。私たちをお守りください。ヤヌスよ……いまこそあなたの子にはあなたのみ恵みが必要です」

「では……北アルムが存在しなければ……シュクだ。シュクの町の郊外の森」

(シュク、デ行先ヲ入力シマス)

機械が告げた。画面の上に光点がいくつか浮かび上がり、きらきらと輝いた。

(シュクニ座標軸ヲ設定シマシタ。カイサール転送ニ入ル転送者ハ測定板ノ上ニノッテ下サイ)

「測定板――どれだ」

(操縦パネルノ左下ノ赤イラインデ囲マレタ黒イ板ノ部分デス。転送者ガ複数ノ場合ハ必ズ同時ニ測定板ニノッテ下サイ。質量ノ算出ノタメ、必ズ全員同時ニ測定ニカカッテ下サイ)

「赤い……黒い板……これだな」

グインはリンダたちをよんだ。かれらはまだ、室の外側からこわごわとグインを見守っていたのだった。

「リンダ。アドリアン。早くくるんだ。この板の上にのれ」

「ああ……こ、これ」

リンダははっとしたように叫ぶ。

「これは、あのとき……黒竜戦役のときに、たしか……」

「いいから乗れ。この上だ」

「無理よ、一度には乗れないわ……」

「なんとかするんだ」

グインは、ひょいと手をのばしてリンダを抱き上げた。そして、スニを背中にのせたアドリアンを腕でかかえこむようにして、黒い板の上に乗った。が、いきなり激しいベルの音が鳴り響いた。

（質量オーバーデス）

古代機械が告げた。

（コノタイプノカイサール転送機ガ一度ニ転送可能ナ質量ヲ3デインオーバーシテイマス。転送ヲ2回ニワケテ行ウカ、転送ノ質量ヲ転送可能領域ニオトシテクダサイ）

「どうしたの……グイン」

「大勢すぎて転送できないといっている」

グインは答えた。

「俺が……あとから転送されることになっても、なんとかなるかな。……おい、機械、教えてくれ。二回にわけて転送を行えばどうなる」

(カイサール転移ハ転移者ノ安全ノタメ、アラカジメ検査ヲウケ、転移可能デアルコトガぱすわーどニヨッテ承認サレタサイコ・パターンノミニ対シテ稼働シマス)

古代機械が答えた。

(アラタニ転送リスト入リヲ希望スル者ハサイコ・パターンヲ入力シテ下サイ。登録開始カラ登録終了マデ、指示ニ従ッテ下サイ。登録終了マデ、1名ニツキ約3銀河時ガ必要デス)

「銀河……時……それは、この世界の時間に直すとどのくらいだ?」

(銀河時ヲ惑星時ニ変換シマス。1銀河時ハ現在コノ第13号転送機ガ設定サレテイル世界ノ惑星時ニシテ約3ザントナリマス。ツマリ登録終了マデ、個体1名ニツキ9ザンが必要トナリマス。コレハほすとニ登録ガ承認サレルマデノ時間ヲ含ンデイマス)

「なんだか、わからんが……」

グインはうなった。

「9ザンだと。それではあまりに時間がかかりすぎる——しかもひとりにつきだと」

(オマチクダサイ)

かちかちかちかち——

奇妙な音をたてて、パネルが踊った。

画面に美しい渦巻きがあらわれ、それからそれはまたあの奇妙な、下から上へ消えてゆく記号の行列にかわった。それから、それが消えた。

(検索シマシタ。……現在測定サレテイル4個体ノウチ1個体ハ転送機マスタートシテ登録サレテオリ、サラニ1個体ガ転送ニ必要ナ登録ハ終了シテイマス。リンダ・アルディア・ジェイナ。コノ個体名ニオイテスデニ転送用登録ガ終了シテイマス)

「ということは……どういうことになる。おい、機械。答えろ」

(転送マスター資格ヲモツ個体、グインハ容量限度ヲコエナイ1個ノ未登録ノ個体ヲ自分ト同時ニ転送デキマス。登録ズミノ個体ハ容量限度ヲコエナイカギリタダチニ転送可能デス)

「何だと。ということは……」

思わず、グインは鼻白んだ。

(つまり……アドリアンをこの機械が受け付けないということか……)

だが、9ザンものあいだ、その手続きだかなんだかが終了するのをアドリアンのために待っていることはまず不可能だ。

グインは唇をかんで、黙り込んだ。リンダが不安そうな目をグインにむけた。

「どうしたの、グイン……何か、具合の悪いことがあるの……」

(警戒信号。警戒警報発令)

ふいに、古代機械が神経質に告げた。

(転送マスターニ警報。ナニモノカ外部ノ侵入者ガ転送エリアニ接近シツツアリ。サイコ・バリアーヲ稼働サセテ接近ヲ妨害シマス)

「きたか」

グインはふといい息を吐いた。恐しい真実が目のまえにつきつけられつつあったのだ。

4

「グイン……お願い、グイン。どうしたのか云って！　あなたには、この古代機械は……いろいろなことを教えてくれて、あなたはそれのとおりにしているのね？」

「そうだ」

グインは唸った。それから腹を決めた。

「はっきり云わなくてはならん。この機械は、俺は何だかわからんが転送されるときにもうひとつの個体を連れてゆくことができる。そしてリンダはすでに登録されているので、問題なく転送することができる、といっている。……問題は……」

「ぼく、なのですね？」

すかさず察して、アドリアンが叫んだ。外から、ぶきみな足音と、そして人の声のようなものが迫ってきているのが、遠くかすかにだがはっきりときこえてくる。

「ぼくは転送されることができないんですね？　大丈夫です。ぼくは残ります」

「駄目よっ、そんな！」

「俺がもうひとり連れてゆけるということは、スニか、アドリアンか、どちらか一人なら、ということだ。リンダは……その転送なんとやらというものではないので、自分一人が転送されることしかできないらしい」

「スニ……」

リンダははっとしたようにスニを見つめる。スニはまだ、魔道の眠りからさめていない。床の上で、小さくまるまって眠っている。人形のように小さく見えた。

「スニか、アドリアンか……どちらかを選べなんて。そんなこと、私にはできない」

「スニだ、リンダ」

アドリアンが叫ぶようにいった。

「スニを連れてゆきなさい。ぼくは大丈夫だから！」

「何が大丈夫なの！　あなた殺されるわ！」

リンダの目にみるみる涙がいっぱいになった。

（サイコ・バリヤーニ、念波ニヨル攻撃ガ感知サレテイマス）

古代機械がグインに注意した。

（カナリ強力ナ念波ガバリヤーヲ破ロウトシテイマス。サラニバリヤーを強化シマスカ）

「もうちょっとだけもたせてくれ。頼む」

（バリヤーノ強度ヲ9レベルニアップシマス。……タダシコレガ限度デス。れっど・ぞーんヲコエルト、内部ニイル個体ニ負担ガ強化サレマス）

水晶の扉はぴったりとまたとざされていた。

その外側に、何か白い光線のようなものが無数に横に走って、すきとおる水晶の扉の向こうを見えなくしている。その向こうに、ぼんやりと人影のようなものがたくさん見えていた。

「ぼくは、カラヴィア公の公息です。……もしかしたらまだぼくにならら多少は人質の価値があるかもしれない。なかったとしても、その場で殺されはしないと思う……でも、スニには」

「それは、そのとおりだ」

うっそりとグインは認めた。

「アドリアンをなら、まだやつらはそのまままた幽閉する可能性があるが、スニは……危ないな。連れてゆくならスニのほうが無難だろう」

「そんな！　あなたやっと長い幽閉から逃げられたのに！」

「あなたに会って――グインに会えて、ちょっとでも手助けができたのだったら、ぼくは……」

アドリアンは健気ににっこり笑ってみせた。

「それでぼくはもう思い残すことはありません。もし殺されたとしても、それはそれでぼくの人生はむなしくはなかった」

「なんてことをいうの。やめて！　聞きたくない！」

「あなたは、早く脱出しなくては……」

アドリアンはきっぱりと云った。そしてグインを見上げた。

「グイン。行ってください。ここの防御ももうやぶられそうなんでしょう？　行ってください。ぼくは残ります」

「わかった。よい覚悟だ」

グインはうなづいた。

「助け出せるなら、そのうち助け出してやる。それまで、頑張って生きのびていろ」

「わかりました。あなたを信じています。グイン」

「だめ――だめよ、だめ……」

リンダは泣き出した。それへ、アドリアンは、崇拝をこめて見つめ、そしてささやいた。

「泣かないで、リンダ。……あなたはぼくの暁の女神なのですから……あなたを守るためにここに残って、ちょっとでもあなたのために戦えるのなら、あなたの騎士になれるのなら、それはぼくにとってはなにものにもかえがたい喜びです。……ひとつだけ、お願いしてもいいですか。リンダ」

「アドリアン！」

「一回だけ……あなたはクリスタル大公妃、いや、神聖パロ王国の王妃で……良人を愛している貞節な妻で……だけど、ぼくがあなたをどんなに愛しているか、あなたはずっとご存じだった。……せめて一回だけ、ぼくのために……その……くちづけを――」

「アドリアン」

リンダはすすり泣いた。そして、アドリアンの金色の頭をかかえよせ、激しくそのくちびるに唇をかさねた。身をもぎはなしたのは、アドリアンのほうだった。

「有難う。リンダ」

アドリアンはにっこり笑って、リンダから身をしりぞけ、測定板からとびおりた。そのとたん、ふたたび、青白い光が測定板の上に残っているものを包み込んだ。次の瞬間、グインの頭のなかにまた、古代機械の《声》がひびいた。

（質量ハ限度内デス。転送可能。転送可能。タダチニ転送プログラムニウツリマスカ）

「転送準備に入ってくれ」

グインはつぶやいた。リンダは何かを探すようにおのれの身のまわりをしきりとさぐっていたが、いきなり、自分のしていた腕輪をはずすと、それをアドリアンにさしだした。

「これを私だと思って持っていて、アドリアン。……必ず、必ず助けにくるわ。こんどは私は、カラヴィア公を、あなたの大事なひとり息子がどうなっているかと具体的に話して、援軍を要請することができるのですもの。あなたのお父様とグインと、そしてナリス軍をひきいてクリスタル・パレスに攻め込み、クリスタル・パレスを解放し、そしてあなたを助けるわ。だからそれまで……生きていて、アドリアン。お願いよ。私のために」

「あなたのために、決して死んだりしません。たとえ黒魔道にかけられて生まれもつかぬすがたになっても、魂を抜かれてしまっても、あなたを見たらぼくはいつでもよみがえってもとのあなたの騎士に戻るでしょう」

アドリアンは、叫ぶようにいった。そして、グインの剣で剣の誓いのポーズをした。

「ここで、あなたたちが無事に脱出できるまで、ぼくがなんとか切り抜けるよう守っていますから……早く……」

(転送準備完了。転送者ハ転送ブースノ中ニ入リ、転送ノ用意ニ入ッテ下サイ)

「転送ブース……これか」

グインは、測定板から降りると、その上についた赤いあかりがちかちかと点滅している、水晶のようなすきとおった半円形の筒のなかに台のようなものがある機械に近づいていった。グインが前にたつと、半円形の筒はすいと左右に割れた。そのなかはひとが二人立てるくらいの広さで、まんなかだけちょっと高くなっており、そこは銀色であった。そしてその銀色のまるい台の上に、二つの茶色の椅子がくっつきあっておいてあった。

(転送者グインハ第1転送しーと、転送者リンダ・アルディア・ジェイナハ第2転送しーとヲゴ利用下サイ。質量ハ測定ズミデス)

古代機械が告げる。アドリアンはじっとそのようすを、グインの剣と、そしてリンダの渡した腕輪をにぎりしめながら見守っている。

「こうか」

グインがスニを抱きかかえたままその指示された右側の椅子にかけたとたんだった。椅子の腕木と、そして足首、腰のところ、首のところ、からやわらかな茶色の皮のようなベルトがのびてきて、勝手にからみつくようにしてグインをつつみこんだ。とたんに顔の前にすきとおった膜のようなものがおりてきて、それはどんどんのびていって、グインとスニを包み込んだ。となりをグインがちらりと見やるとリンダも同じように茶色のベルトにしっかりと固定されていた。

(呼吸ガ苦シイト感ジラレタラ右側ノ腕木ノ先端ノぱねるデ調節シテクダサイ。タダシ危険デスノデナルベクしーとハシッカリトシメテオイテ下サイ)

「大丈夫だ。問題はない」

（転送準備ヨシ。カイサール転移開始）

これはすべて、きわめて日常的な出来事にしかすぎない、とでもいうかのように――淡々と古代機械が告げた――

ほとんど同時に、激しい破壊音とともに、クリスタルの扉が開き、レムスと――そしてそのうしろに国王騎士団の騎士たちとが駆け込んでくるのが見えた。

「ばかなことはやめろ。やめるんだ、グイン」

レムスの叫び声がかすかにきこえた。

「この機械はパロ聖王家の人間でないと――リンダを殺すつもりなのか！　グイン！」

アドリアンが剣をふりあげてそれにむかってゆこうとしているのがかすかに見える――が、もう、それはほとんど、グインたちの目には見えなかった。

急激に、その円筒の内部は光の渦につつまれはじめていたのだ。同時に、シューシューと音をたててガスのようなものがその円筒をみたしはじめていた――

（カイサール転移、開始。カウントダウン開始。10、9、8、7……）

「リンダ！　無事で！　グイン！」

かすかなアドリアンの叫び声――

だがもうそれもきこえなかった。そのガスが流れだすと同時に、グインも、そしてリンダも意識を失っていたのだ。

円筒の内部の回転がしだいに速まり、古代機械はいまや激しくうなりをあげてフル回転しはじめていた——

そして——

*

「グ——グイン！」

かるく、頰を叩かれて、リンダは驚愕の声をあげて目をひらいた。

「こ……ここは……！」

「お前は、どうせもう、あのときルードの森に転送されて、古代機械での移動は体験ずみのはずだろう」

グインはうすく笑った。

一瞬にして、あたりのようすは一変していた。

深い濃い緑の森、そして平和な夕暮れどきの風景——遠くに鳥が鳴きながら飛んでゆくのがみえる。かなり深い山のなかだ。近くに都市らしいものはまったく見えない。

「こんな……こんなことって……」

リンダははっとしてあたりを見回した。

「スニ！　スニは！」

「大丈夫だ、無事についている。そこに寝かせてある」

グインはかたわらの草むらを指し示した。

「俺はシュクの郊外の森へ転送してくれとあの機械に命じた。機械はたいへん忠実に動いてくれたようだ。あれはずいぶんと便利なしろものだな」

「あなたは……あなたがどうしてあれを操作できたの？　あれはパロ聖王家でなくては……パロ聖王家でも、代々一人づつしか、操作が許されるものはいないはずの機械なのよ！」

驚愕しながら、リンダは云った。そしてどこもなんともなっていないかとおそるおそるからだを動かしてみた。

「俺にもわからぬ。だが、最初にレムスにあの室に連れてゆかれ、そしてこころみにあの扉の前にたったとき、扉が開き、そしていきなりあの機械が俺に『転送マスターノオイデヲ歓迎シマス』と語りかけてきた。『ぱすわーどヲドウゾ』という声もきこえた……頭のなかにな。そして、俺は……なんといったらいいのだろう、非常に……懐かしい気持とともに――俺がこの機械をすでに知っていたことを知った」

「何ですって。あなたは……あなたはいったい何者なの、グイン。本当に、あなたは何者なの」

「わからぬ。だが、おそらく俺のやってきたところ――かの《アウラ》のおさめる、

《ランドック》——そこは、この転送機がごくごく普通に使用されている場所だったとしか、俺には思えん。……そしてもうひとつ、俺は思いだしたことがあった」

「………」

「俺はこの転送の感覚を知っている。……いくたびとなく、俺はこの転送の瞬間、意識がなくなり、そしてまたからだが再構成されてゆくような感じを味わった。あのルードの森にあらわれたときもそうだった……そしてもうひとつ、あのノスフェラスでも……」

「ノ、ノ、ノ、ノスフェラスで？」

「そうだ。……あの、狗頭山でのことを覚えているか。俺がひとりで……ラゴンの援軍を連れてこようとお前たちからはなれたときのことだ。あのとき、絶対に間に合わないだろうと思っていたのに──俺は砂嵐にまきこまれて気を失い、気がついたとき、俺は狗頭山に飛ばされていた。はるかなノスフェラスの砂漠の大半を俺は一瞬に飛び越えてしまっていたのだ。あのときのことは俺にはどうしても説明がつかなかったのだが──いま、ここにこうして転送されてみて、わかった──この感じは知っている。これはあの狗頭山での目ざめたときの感覚とまったく同じだ」

「でも……いったいどこに古代機械があったというの？　もしそうだったとしても！」

リンダはぶきみそうにいった。そしてこれはいったいいかなる超自然の生物なのだろ

う と疑うように、まじまじとグインを見つめた。

「あなたは……私にはわからないわ。本当に、あなたは別の……そういうすがたをした人類が支配している世界からやってきた人なの？　ヤンダル・ゾッグが竜頭人身の人々のいる世界からやってきたと主張しているように？……私たちの世界にどうしてそんなことが次々と起きるようになったのかしら……私たちの平和な美しい世界はどうなってしまったの？　これからどうなってゆくの？」

「それは、俺にはわからん」

グインは答えた。そして、ゆっくりと立ち上がってからだに何も異常がないかどうか確かめた。

「ただ、たぶん俺は何の理由もなくここにただ存在しているわけではないのだろう。俺にはなにかやらねばならぬことがある。……だからこそ、そうやって、必要なときいつも俺は……転送されてお前の前にあらわれることができたのだろう。そうだな……これまで考えてみるといつも、俺が転送されて窮地を脱したときというのは、かたわらにお前がいたときだ。というか、お前の前にあらわれなくてはならなかったときだ。……お前を救うためにな。ルードの森もそうだし、狗頭山もそうだ。そして今度も」

「もうひとつあるわ、グイン……あの、レントの海の海賊船で、あなたが海におちたときも」

リンダは息をつめた。そしてそのスミレ色の瞳はじっと、なんともいえぬ奇妙な表情をたたえてグインの豹頭を見つめた。

「それは……それはどういうことなの、グイン。……私とあなたの運命はなにか、特別なきずなによって結びあわされている、ということなの？　私とあなた……ケイロニアの豹頭王、ランドックのグインと、リンダ・アルディア・ジェイナ、パロの予知者姫。この二人が出会うとき、世界になにかがおきるとでもいうの？　私たちは、ヤーンの手によって動かされ、そしてそのさだめどおりにこうしてたたかいをかさねているのにすぎないというの？」

「それは、ヤーンその人でなくてはとうてい答えられぬ問いだろう」

しずかにグインはいった。

「俺もいくたびそうおのれに問うてみたかわからぬが、やはり答えは出なかったからな。だが、いつか答えが出るかもしれん。それまでは、それを信じてただヤーンのなされるままに戦い、そしておのれが信じたままに中原に平和を取り戻そうとしてゆくだけだ。……古代機械とおのれの結びつきについても、クリスタルにやってきて、古代機械の前に立つまで俺にはまったく想像もつかなかった。だが——あれを見た瞬間、俺はひどく親しいものを見たような懐かしさを感じた。……胸が熱くなるほどの懐かしさ、望郷の思いとさえいってもいいようなものを。……それが何であるのか、俺にはやはりわかりようはない」

「あなたははるかなあの空のはてからやってきたのかしら……」

リンダはつぶやいた。

「そして、私たちを、中原を救うために……？　なんてふしぎなことなんだろう。なんてふしぎな人だろう！」

「ああ。だがそのためにまた沢山の健気な、あるいはあわれな犠牲をも払わなくてはならなかった、そのことも忘れてはなるまい」

グインは云い、そしてリンダに手をさしのべて助け起こしてやった。

「行こう、リンダ。ここがシュクの郊外なら、この近くに俺の軍隊が心配しながら俺の帰還を待っているはずだ。北アルムという場所はどうやらレムスのでっちあげだったらしいがな。……俺の軍隊があれば、お前は無事にそのままマルガへたどりつけるだろう。お前を連れて一気にマルガへむかう。いや、その前にゼノンの軍勢も呼び寄せて後衛としてあとを追いかけさせておこう。すぐにでも、レムス軍とのあいだに戦闘がはじまるのではないかという予感がするからな。それに……アドリアンも出来ることなら救出してやりたいものだ。あれは、なかなか、よい少年だな。リンダ」

「おお！」

リンダは叫び声をあげた。

「アドリアン！　ひどいわ、私、一瞬たりとも、あのひとの貴い犠牲のことを忘れていたなんて！――あのひとが自分から身をひいて私たちを脱出させてくれたからこそ、古代機械の奇跡も起こり得たんだわ。そうだわ、アドリアンを救ってあげなくては。かわいそうに、あんなに長いあいだ幽閉されていて、ようやく出られたと思ったらまたつかまってしまうなんて――どうか、殺されたり、拷問されたりむごい目にあっていることがありませんように。私、急いでカラヴィア公に手紙をかいて送らなくては。場合によってはまず、マルガにゆくより先にカラヴィア公のもとにいって事情をすべて説明して、カラヴィア公騎士団を味方につけるほうがいい。それから、カラヴィア公騎士団もろともマルガへ下ることができれば……」

「いずれにしても急がねばならんだろう」

グインは重々しく云った。

「レムスとヤンダル・ゾッグのあいだでもいろいろと意見の不統一があったために、ナリス王をとにかく生かしてとらえたいヤンダル・ゾッグと、そして反逆勢力を壊滅させたいレムスとが対立して、これまでパロ戦線は比較的しずかなまま小競り合いが続いていたのだ。だが、ヤンダルは、この俺が古代機械の操作が可能だということを知った。――ということは、ナリス王が唯一の古代機械の主だという、彼の生命線がかなりあやうくされたということだ。ヤンダルがもしも、ならばこの俺を手にいれても同じことだと考えれば、ただちにレムス軍はマルガをめざして総攻撃を開始するだろう。そうなればいよいよ全面開戦だ。イシュトヴァーンの動きも気になる。……パロ国内に入ってから、その動きについて一応掌握していたが、俺が単独行動をとっているあいだに彼がどう動いているか、情勢がどうなっているか——一刻も早く知りたい。ともかくも俺の軍隊と合流しなくてはならん。万一にもここにまたレムス軍があらわれたりするとな。ノスフェラスの二の舞になりたくはない」

「おお、そうだわ。……あのときも——ああ、でもあのときにはレムスが私といっしょにいた、そしてイシュトヴァーンも……」

リンダはつぶやいた。

「いまはもう……そのレムスが私を追いかけていて、そしてイシュトヴァーンもまた、軍をひきいて介入してきているゴーラ王なのだわ。……だけど、グイン」

「ああ」

「あなただけはいまなお私とともにいる。私を私の愛する人々のところに帰らせ、中原に平和をもたらそうとして、ともにたたかってくれている。……ふしぎね。なんという不思議な運命なのかしら」

「ああ」

グインは静かにうなづいた。リンダはそっと、グインの腕にすがりついた。

「行きましょう、グイン。あなたの軍勢を探しに。……私まだ歩けるわ。ああ、なんてことだろう——あなたはまた、奇跡をひきおこしたんだわ。クリスタル・パレスを脱出し——私をクリスタル・パレスから救出し、こうして自由の身にしてくれたなんて。……あれほどの魔界の結界のなかから。……これはなんという奇跡なのだろう。あなたはなんという人なんだろう」

「これは、奇跡でもなんでもないさ」

グインは静かに答えた。そして、スニをかかえあげ、無造作に背中にくくりつけると、リンダをいたわりながら歩き出した。

「ただ、これはおそらく俺の使命と——そしてあとは、お前やアドリアンの強い意志と希望とがさせたことだろう。あのとき、ヤヌスの塔が見えてこなかったら、おそらく俺は古代機械のことを——最初に古代機械にふれたときにいきなり頭のなかに流れ込んできたあの古代機械の歓迎のことばのことを思い出してはいなかった、迂闊なことにな。すべては幸運だったともいえるし、すべてはヤーンのおぼしめしだったとも云えるだろう。が、それもこうしてのんべんだらりとやりすごしてしまったら幸運の浪費になる。……さあ、もうちょっとだけ頑張ってくれ、リンダ。あちらのほうに幾筋か煙が立っているのがみえると思うのだが、違うか」

「ああ……あれね。ええ、たぶん、あれは炊事の煙だと思うわ」

「このあたりだったら、野営の軍勢のかしぎの煙だと見て間違いはないと思うのだが。……ともかくあちらにむかって近づいていってみよう。もしもあれが民家だとしても、だったら民家の住人に情報をもらって、俺の軍勢がどのあたりで俺を待っているか、あたりをつけることもできる。シュクからレムスが用意したその会見の場所までは、確か馬でいくらもかからなかったからな。……北アルムにおいてある《竜の歯部隊》は俺の最良の精鋭だ。かれらさえいれば、千人力、万人力だ。それだけでもパロ一国ならば攻め取れるくらいのものだ。……さあ、行こう。リンダ――また、夜になる前にできればかれらの手がかりをつかみたいからな」

やわらかな夕映えが、山の端にひろがっている。

巨大な赤い円盤となった夕陽がその中心に、紫と黄金の雲につつまれながらゆっくりとおりてゆこうとしている。それを、涙が出るほど美しいものにリンダは見つめていた。

「また、時が動き出したのだわ」

彼女はささやいた。

「それを取り戻してくれたのは、グイン、あなただったんだわ。……いつもあなたは私を助けてくれる。あなたは私の守護神だわ。グイン――いまも、そしてこれからも、永遠に。……私は一生がどれだけあっても、その一瞬たったひとつだって、あなたが私の守護神だということを忘れないわ」

あとがき

お待たせいたしました。「グイン・サーガ」第八十二巻「アウラの選択」をお届けいたします。

このところおおむね順調に、二ヶ月にいっぺんのペースで刊行されつづけている「グイン・サーガ」ですが、この八十二巻の著者校正をおえて、なんとなく非常に奇妙な気分に包まれております。それは「ついにここまできた」といったら、一番正しいような思いです。

これまで、五十巻になったとき、七十五巻になったとき、八十巻になったとき、いちいち、いろいろとこれに類した感慨は感じないわけではなく、そのたびにうるさくあとがきで感慨してきたような気がして気がさすのですが（笑）でも今回の感慨というのはなんとなくそれとは全然違う種類のものであるような気がします。「ああ、ここまでついに」という、これは、たぶん、お読みになったかたも、さいごのくだりまでたどりついたとき、きっと分かち合ってくださる感慨にちがいない、そう信じられるように思うのです。さよう、ついにこの未曾有の物語は「ここまできた」のだと思います。

このところ、というのはたぶん七十七、八巻くらいからあとということですが、お読みになった皆さんから「なんだかものすごい勢いで物語が展開しはじめた、すごい勢いで動いている、という感じがする」というおことばをたびたび頂戴しています。事実、それまでのしばらくの停滞は何だったのか、これもまた運命の流れのしばしの情景にすぎなかったのかとでもいうかのように、確かにストーリーはすさまじいまでの勢いで流れ出しはじめました。そのことを「なんだか、全七十五巻くらいの長大なプロローグがやっと終わってやっと本篇がはじまったような感じ」と形容してくださったかたもおります。今回のこの八十二巻を読むとなんとなく、さらにまたあらたにそういう感じ、「これからいよいよ物語がはじまるのだろうか！」というような感じをさえ受けるかたもおいでかもしれません。著者校をしたばかりのところなのでなかなかに私のほうも印象が強烈です。正直のところ私としてはこの八十二巻が、このしばらくの巻のなかで一番好きかもしれません。うん、この前にそういう感じを持っていたのは「運命のマルガ」と「覇王の道」の二巻つづきでだったと思うのですが。それからあとというのはべつだん、何がどう停滞していたということもなく、物語自体はどんどん動いてはいたのですが、しかしやはり、こういう生きた物語のなかでは、一気に急流から滝つぼになだれこむように物語が落ちるべき結末にいったん落ちてゆくときと、それからかなり激しく流れていても「途中」であるとき、というのがあるのだということがわかります。せっかちなかたたちはたいてい、ゆったりした流れの途中とか、あるいはかなり激しい流れであってもその「途中」の段階でじれたり、ずっとその「途中」が続くように思われてしまうのでしょうね。でも、これだけ長い物語に、やはり腹をくくってつきあって下さったかただけが、この、ゆったりとした流れが突如急流となり、ごうごうと流れはじめ、そして一気になだれこんで滝となって落ちてゆく、という醍醐味を味わいつくすことができるのではないかと思います。少なくとも、この八十二巻については、「グイン・サーガ」全体の醍醐味の最大のもののひとつを間違いなく味わっていただくことができると思います。うん、特にこの第四話、そうですね（笑）なんか、著者校していて自分もついついただひとりの読者にかえって夢中に読んでしまったような気分でした。なるほどねえ、こうなったのかあ、と――これを書いていたのはつい半年ほど前だったはずなのですがねえ、なんだか――いやいや、半年どころか、いま念のために調べてみたらこれ、八月に書いてるのじゃありませんか。たった三ヶ月前だというのに、なんだか恐しく長い時間がたったような気がするのはなぜなんでしょうか。

いずれにせよここまできた物語というのはもう、よほどのことがなければ、とどまるわけにも、沈んでゆくわけにも、崩壊してしまうわけにもゆかないと思います。私自身がそうなりかけたとしてさえ、もう、この奇跡の物語自体がもつ「物語の自立性」それ自体が私をひきずるようにして、たぶんいつか、あるべき究極、さいごの到着点へと連れていってしまうのでしょう。それを思うと、なんというふしぎな運命であろうかと、「グイン・サーガ」という奇跡の叙事詩が誕生してゆくことそのものがなんだかひとつの驚嘆すべきサーガであるように感じられたりもするのですね。いかなればこそ、私はこの物語を書くことが許されたのか、というように。

このあと、でも、いったん滝壺に飛び込んだ物語というのは、また必ず一から出発することになるわけなので、これだけの大団円っぽい落ち着きをみせたあととなっては、これからまたしばらくのあいだは徐々に積み上げてゆく作業となるのでしょう。それはまた、気の短い人には、じりじりさせられる期間ともなるのかもしれませんが、結局のところ、こうした大河小説というのはこうやって、少しづつ、積み上げては落ちがつき、積み上げては落ちがつき、でもだんだん、そのもととなる山の土台のほうは高くなってゆく、というようなかたちで進んでゆくんだろうと思います——いまだかつて、これよりも長い物語を人類は持ったことがないがゆえに、先例を求めるわけにはゆかないのですが。またきっと、こののちに似たような作品が出てくる、ということもなかなか困難なのでしょうね。

「グイン・サーガ」を書き始めてから、もうあと三年で満二十五年に及ぼうとしています。これからあと二十五年かけて別のこれだけの大きさの物語を書くということは、しようと思えばできるとは思いますが、けっこう大変だろうなと思います。そう思うと、なるほど「ライフワーク」というのはこういう意味なのだな、とあらためてしみじみと感じたりします。途中の河岸の情景や、その河岸でいろいろなことをいう人々、おりにふれての天候がどのようであれ、「グイン・サーガ」という船はこの大河をあくまでもさかのぼってゆくのだろうな、とも。世界にはニューヨークの同時多発テロやアフガンへの空爆がおこり、世界そのものもまた、二十一世紀に入って激動の時代を迎えました。七〇年安保の九年後から書き始められたこの物語は、二十世紀ラストの四半世紀近くを書きつがれてきて、二十一世紀に入り、いよいよ佳境に入ろうとします。世界がこのあとどのように激動してゆこうとも、グインの世界もまた、世界とともに二十一世紀をさらに流れてゆくこととなるのでしょう。そういえば「グイン・サーガ」が生まれたあのころには、まだインターネットもなければ、私もまたパソコンなどというものはまったく自分には縁のないものだと思っていたのでしたね。

なんだか、非常にいろいろなことを、珍しくも「私のほう」が考えたり、感慨したりしてしまった、八十二巻でした。「アウラの選択」とは何をもたらすものだったのか——なんとなくこのタイトルも、これまでとはちょっと一線を画している感じもします。このあと私はすぐに八十四巻に（八十三はもう出来ている（笑））かからなくてはならないのですが、ちょうどいいときに八十二巻を読んだなあという気もするし、また、なんとなく、妙ないいかたですが「八十二巻にけおされてしまったな」というような感じもします。ま、書き始めさえすればおのずと《かれら》がやってきて、その世界のいまを私に告げてくれることでしょう。

恒例の読者プレゼントは、棚橋洋子様、石坂まり子様、加来順子様……の三名様です。最近ではサイト神楽坂倶楽部での「キリ番プレゼント」もあってなかなかに華やかなプレゼント状況となっております（笑）それではこれでたぶん二〇〇一年はさいごですね。また来年、二〇〇二年新春にお目にかかれたらと思います。そのときまでには世界はもうちょっとだけ落ち着いて、平和を取り戻しているのか、それともまだ陰惨なテロルがいくつもいろいろなかたちで続いているのでしょうか。

二〇〇一年十一月七日（水）

神楽坂倶楽部 URL
http://homepage2.nifty.com/kaguraclub/

天狼星通信オンライン URL
http://member.nifty.ne.jp/tenro_tomokai/

天狼叢書の通販などを含む天狼プロダクションの最新情報は、天狼通信オンラインでご案内しています。

これらの情報を郵送でご希望のかたは、長型 4 号封筒に返送先をご記入のうえ80円切手を貼った返信用封筒を同封して、お問い合わせください。（受付締切等はございません）

〒 162-0805 東京都新宿区矢来町 109　神楽坂ローズビル 3 F
（株）天狼プロダクション情報案内グイン・サーガ 82 係

栗本薫の作品

心《しん》中《じゅう》天《てんの》浦《うら》島《しま》

テオは17歳、アリスは5歳。異様な状況がもたらす悲恋の物語を描いた表題作他六篇収録

セイレーン

歌と美貌で人々を狂気に駆りたてる歌手。未来へと続く魔女伝説を描く表題作他一篇収録

滅びの風

平和で幸福な生活。そこにいつのまにか忍びよる「静かな滅び」を描く表題作他四篇収録

さらしなにっき

他愛ない想い出話だったはずが……少年時代の記憶に潜む恐怖を描いた表題作他七篇収録

栗本薫の作品

ゲルニカ1984年

「戦争はもうはじまっている！」おそるべき感性で、隠された恐怖を描き出した問題長篇

レダ〔Ⅰ〕

ファー・イースト30。すべての人間が尊重される理想社会で、少年イヴはレダに出会った

レダ〔Ⅱ〕

完全であるはずの理想社会のシティ・システムだが、少しずつその矛盾を露呈しはじめる

レダ〔Ⅲ〕

イヴは自己に目覚め、歩きはじめる。少年の成長と人類のあり方を描いた未来ＳＦ問題作

谷　甲州／航空宇宙軍史

惑星CB-8越冬隊

惑星CB-8を救うべく、越冬隊は厳寒の大氷原を行く困難な旅に出る——本格冒険SF

仮装巡洋艦バシリスク

強大な戦力を誇る航空宇宙軍と外惑星反乱軍との熾烈な戦いを描く、人類の壮大な宇宙史

星の墓標

戦闘艦の制御装置に使われた人間やシャチの脳。彼らの怒りは、戦後四十年の今も……。

カリスト―開戦前夜―

二一世紀末、外惑星諸国は軍事同盟を締結した。今こそ独立を賭して地球と戦うべきか？

火星鉄道一九《マーシャン・レイルロード》

二一世紀末、外惑星連合はついに地球に宣戦布告した。星雲賞受賞の表題作他全七篇収録

谷　甲州／航空宇宙軍史

エリヌス　―戒厳令―

外惑星連合軍SPAは、天王星系エリヌスでクーデターを企てる。辺境攻防戦の行方は？

タナトス戦闘団

外惑星連合と地球の緊張高まるなか、連合軍は奇襲作戦のためスパイを月に送りこんだ。

巡洋艦《クルーザー》サラマンダー

外惑星連合が誇る唯一の正規巡洋艦サラマンダーと航空宇宙軍の熾烈な戦い。四篇収録。

最後の戦闘航海

外惑星連合と航空宇宙軍の闘いがついに終結。掃海艇に宇宙機雷処分の命が下されるが……。

終わりなき索敵　上下

第一次外惑星動乱終結から十一年後の異変を描く、航空宇宙軍史を集大成する一大巨篇！

著者略歴　早稲田大学文学部卒
作家　著書『さらしなにっき』
『あなたとワルツを踊りたい』『ヤーンの翼』『魔界の刻印』（以上
早川書房刊）他多数

HM = Hayakawa Mystery
SF = Science Fiction
JA = Japanese Author
NV = Novel
NF = Nonfiction
FT = Fantasy

グイン・サーガ㉜

アウラの選択《せんたく》

〈JA682〉

二〇〇一年十二月十日　印刷
二〇〇一年十二月十五日　発行
（定価はカバーに表示してあります）

著者　栗《くり》本《もと》薫《かおる》
発行者　早川浩
印刷者　大柴正明
発行所　株式会社早川書房
郵便番号　一〇一－〇〇四六
東京都千代田区神田多町二ノ二
電話　〇三－三二五二－三一一一（大代表）
振替　〇〇一六〇－三－四七七九九
http://www.hayakawa-online.co.jp

乱丁・落丁本は小社制作部宛お送り下さい。
送料小社負担にてお取りかえいたします。

印刷・株式会社亨有堂印刷所　製本・大口製本印刷株式会社

ISBN4-15-030682-6 C0193